除你之外

席慕蓉诗歌典藏

席慕蓉 著

目 录

我想叫她穆伦·席连勃
——代序 向阳／001

篇一 自叙

线条
——给慕蓉 陈育虹／003

自叙／006

偶得（之一）／007

偶得（之二）／008

五月的沼泽／009

我读诗／010

不灭／011

时光刺绣 / 013

山火 / 015

除你之外 / 017

篇二　初心

问答题 / 021

猿踊 / 023

湮开的诗 / 024

流动的月光 / 026

初心 / 028

发光的字 / 031

篇三　轨道上

致：席慕蓉　林文义 / 035

轨道上 / 037

动词的变化 / 039

名词的照面 / 041

人生转向 / 045

梦在窥视 / 046

篇四 余生

你的族人
　　——写给席慕蓉　陈克华 / 053

现代画像石 / 055

请给我一首歌 / 056

弯曲的河岸 / 058

狂欢鹤 / 061

余生 / 064

篇五 英雄组曲（二）

英雄博尔术 / 071

附录

代跋　痖弦 / 157

后记　海马回 / 158

谢启 / 163

席慕蓉出版书目 / 168

我想叫她穆伦·席连勃

——代序

向 阳

十一月三日下午,诗人席慕蓉应我的邀请,到台北教育大学来演讲。这场演讲是在我开的课"文学大师讲座"中进行,诗人演讲的题目是"我的原乡书写"。早在九月,我在脸书上发布消息次日,脸友预约她的演讲就已额满。演讲这一天,没有预约而前来听讲的人更多,国际会议厅瞬间爆满,走道、角落都坐满了年轻的学生。诗人的魅力,由此可见。

北教大是席慕蓉的母校,她也曾获北教大颁赠杰出校友,面对着满堂或坐或立的听众,可以感觉她重返母校、目睹昔年旧景与流光的心情。她侃侃而谈当年在学校大礼堂自我介绍时发生的旧事,并由此开展她和内蒙古原乡的追寻之旅。两个小时下来,毫无冷场。内蒙古的历史、草原的壮阔景观、族人的记忆与认同,通过一串串故事,娓娓道来,都让听者心动。

当天的席慕蓉,既是诗人,也是叩问乡关何处的旅人。她从年轻时的身份困惑谈到中年后的返乡寻根、从异乡漂流谈到对家国与文化的护持，逐一道来，都让在场的听众深刻感应了她在动乱流离年代中的困惑、追寻和终于安静找到自我的笃定。我既是主持人，也是她的听众，这场演讲后，记得我在总结时这样说：席慕蓉以身体、行踏和书写，觅寻记忆、建构认同，圆满了她与内蒙古的重遇，无论心灵或者信仰都找到了故乡。

是啊，故乡，对在台湾出生的我来说，那是多么亲切且容易拥抱的概念，生身之地、生活之乡，两脚所踏、双眼可视之处，就是故乡。但是，对席慕蓉来说，故乡两字，却是一生的寻觅。年轻时，故乡的面貌于她，是"一种模糊的惆怅"，她接受的是汉文化的教育，"乡愁是一棵没有年轮的树"。及至中年回到内蒙古草原，她才看到"少年的父亲曾经仰望过的同样的星空"，而终于又在追寻西拉木伦河源头后"在母亲的土地上寻回了一个完整的自己"。那是一九八九年的事，但即使如此，故乡于她，仍然是必须不断寻访、行踏的长路。故乡于她，是个过程，不止于土地，还及于历史，以及这样不断反溯的时空移动之中对内蒙古文化、生态的强烈关注。席慕蓉的乡愁是动态的乡愁，整个内蒙古的历史和草原，是这个乡愁的动脉与静脉，无论发而为诗，书而为文，都和她的生命联结于一，不离不弃。

当天的演讲，席慕蓉的解释是，这乡愁来自"血缘"，是血脉上的牵系，只有在一个人远离族群，或整个族群面临生存危机时才会出现，只有在那个时候，血缘才会从生命里走出来召唤你。这在她写给我的一封信中也曾提及：

> 我之所以想要为内蒙古发言，只是我的私心，因为草原是我族人的原乡。若是没有血脉上的牵系，我会关心吗？
> 我相信我恐怕不会像此刻这样投入的。

我可以理解诗人的这种乡愁可能真如她所说，来自血脉，但是我认为犹不只如此。席慕蓉从一九八九年展开的草原之旅，一如诗经《蒹葭》所说"溯洄从之，道阻且长"，也如屈原《离骚》所云"路漫漫其修远兮，吾将上下而求索"那样，无法仅仅依赖身上所系的血缘而不以为苦。从一九八九年起，她每年回内蒙古一或两次，足迹从父母之乡到愈发辽夐的大兴安岭、天山山麓、额济纳绿洲、鄂尔多斯、贝加尔湖——这样的旅途，开展了她的归乡之路，已经不纯然只是出于寻根、溯源的血脉或乡愁，而是诗人对内蒙古文化的高度凝注了。

这样的高度凝注，使得席慕蓉的诗与散文有较此之前更具突破性的发展。一九八一年她推出第一本诗集《七里香》，一九八三年出版第二本诗集《无怨的青春》，都造成轰动，席卷出版市场，形成"席慕蓉现象"，诗坛对此有褒有贬；但是她从一九八七年推出第三本诗集《时光九篇》之际，她已经开始探究时间与生命的课题，拔高视野，进行生命的内在思索；二〇一一年她出版的诗集《以诗之名》，则更凝聚于蒙古高原的探索。她为父祖、故乡内蒙古写诗，也为内蒙古历史、文化写诗。我读她以内蒙古为题材的诗作，总感觉到诗中的苍茫、冷凝与厚重，已非一般诗人可以企及。我喜欢她在《以诗之名》"英雄组曲"一辑中写的诗，她的诗出入内蒙古历史、文化与民族想象的多重空间，表现出了一种流离和定根、空间与时间、他方与在地的多重视角，因而成就了诗人穆伦·席连勃的全新的文学生命。

她的散文力作《写给海日汗的21封信》也是，或者说更是，将内蒙古文化、土地与价值观延而伸之、刻而绘之,透过与蒙古族青少年的诉说、叮咛,把她年轻时的认同疑惑、苦闷的"背面"和中年之后不断寻索、逐步清朗的"正面",叠合于一,让逐渐消失的、颓萎的内蒙古文化得以浮现。从这个角度来看,她和书写《乡关何处》的萨伊德(Edward Wadie Said)一样,都表现了一个曾经陷入认同困惑的知识分子的追寻之旅。她对自我生命的追寻,毋宁也可以说是对隐藏在"席慕蓉"名下,或者换句话说,是对被"席慕蓉"淹没的另一个自我(穆伦·席连勃)的追寻。她曾经和她的父祖、故乡断裂过,如今她通过这长达二十多年的行踏与书写,找回了自己的生命,文学的,以及国族的。那些无根(rootlessness)、失所(dislocation)、离散(diaspora)的逝昔,都已化入她的行踏与书写,笃定地勾勒出与席慕蓉对照的穆伦·席连勃的清晰面容。

听完席慕蓉的演讲,当晚我重翻《写给海日汗的21封信》,在第十八封信《生命的盛宴》中看到了席慕蓉的这一连串问话:

> 有没有可能?在生命过程中的有些牵扯与失落,包括那隐忍的委屈或者突然的落泪,主角并不是我?而是住在我身体里的那个她?

……是不是住在我身体里的那个她,已经开始慢慢与我和解了呢?

答案再清楚也不过了,下次见到席慕蓉,我想叫她穆伦·席连勃。

——原发表于《印刻文学生活志》二〇一四年十二月号

篇一 自叙

线条

——给慕蓉　陈育虹

那是圆的

荷枝与细叶兰

七里香的幽思

瞬间明白

的蓊郁

那是风的

线条，溪流的

裙摆

水袖

飞的姿态

那是满的

空的

捕住的

捕不住的

女孩与一匹马

梦的线条
青草无边绵延
一匹枣色马
马鬃飘飘
踏花而去

——台北 二〇一〇年十二月十二日

士林园艺试验所

1961　何宣广 摄

自叙

——给最初的时光

很早　很早
我们就已经开始写诗
用年少的心　学着
在灯下去辨识这陌生的人世

是无声的存在　无害的习惯
(遂无人察觉也无人加以监管)
一如暗夜无风的海洋
在远远地辨识着沙岸

这反复触及却又难以拥有的一切
以一种
极为静谧的悲伤和喜悦

——二〇〇九年十一月五日

偶得（之一）

一生也不过就只是这几行诗　记忆

本身的光泽　借文字而留存

诗的秘密在于隐藏着其实不必隐藏的事物

集所有意念的曲折　于

有光有暗蹑步潜行之处（梦中曾是枯骨）

如倒叙的影片　让我们将

一切反转　从衰老过程逐渐回溯为

头角峥嵘的壮年青少　再

小小心心地活上那么一次　如林中的

兽　最后困乏地蜷缩在落叶堆中为止

——二〇〇八年十二月三日

十时二十分

偶得（之二）

一个人开始的生活　难免会
本末倒置
诗竟然成了主角
集访问　对谈　懊恼于一身
有如封闭了多年的一则预言

如影随形　缓缓呈现
一个人　渐渐老
头顶的天空再无人替我撑持
小心翼翼度日吧
兽般狂妄的梦想啊　到此为止

——二〇〇九年一月二日

五月的沼泽

淡黄色的蛾翅
扑飞近阴暗的围篱
它难道不知夜已深
所有的时光都已离去

(至于该如何处置　那些
抽屉里的始终没有写成的诗稿
若是问这屋后
五月静默的沼泽　想必
也不知道)

在杂树林散出的淡淡香气里
我等待着的　究竟
是谁的回答？

——二〇一一年六月二日

我读诗

如幼儿那般的欢欣与无知

翻开书页　我读诗

我读诗　并且等待　认真等待　永远等待

等待一种撞击　一种

自踵至顶的战栗

让我心疼痛继之以狂喜

仿佛是阔别千年之后　与那人的

不期而遇

　　　　　　　　　　——二〇一五年一月十八日

不灭
——写给黑城

是的　物质不灭
总有这些在眼前循环交替着的一切

当斜阳缓缓落下　一转身
迎面而来的
果真是那令人惊呼又悲喜交加的昔日光华

初升的月　重临的圆满
旧时山川正静静地随着记忆往远方无限开展
芦苇丛中湖水的反光隐约而又透明
因稀少而珍贵的线索　如金　如银
如我们年轻时曾经那样相信过的爱情

此刻的我也并不怀疑
是的　物质不灭
总有这些在眼前循环交替着的一切

半埋在流沙中的城池已空
却还留有不明的咒语
巨蛇双双守护着的宝石　还深悬在
干涸的井底
历史的传言千年不变
据说　这整座城郭的繁华旧梦
会在最美最清澈的月光里　复活

——二〇一三年十月三日

时光刺绣

——任何时空，诗都是绝望的。　（林文义）

然则　于我而言
诗　是一切的完成

是年少时何等珍贵的抚慰与魅惑
是不断去又复返的　轻声召唤
是生命　从那不曾自觉的逗留到固守
是此刻才逐渐呈现　如你所见
一幅　色泽斑斓
古老华年的时光刺绣

是今夜灯下　给你写这几行字时的澄澈无求

当然　疼痛总是在的
任何时空　诗成之后才袭来的那种悲伤
一如那些细碎的波光　闪亮
从遥不可及的远方

总是会让我微微地恍惚回眸

——二〇一四年三月三日

山火
——给郭清治

难以复制的每一个白昼与夜晚
在灯下　在你的雕刀与我的笔之间
静静等待重返

仿佛山火熄灭之后　还有
那些根须　深埋在巨石嶙峋的土壤里
继续燃烧
如细细的火炭般
寻找一种相反的出口
暗黑的地层之下
炽热的心成网　互相碰触　延展
窒闷地坚持着缓慢前行的火焰
任我们用几十年的光阴　去追寻描摹
也不知其尽

——二〇一五年十一月二十五日

附注：清治是我少年时的同学，如今已是国际知名的雕塑家，日前和同窗们一起去看他的雕塑展，想起恩师林玉山教授所绘的《山火》，因有所感。

除你之外

除你之外
无人愿意相信　那恒久的
且又必须时时变动消亡的存在

除你之外
无人愿意原谅
这谨小慎微却又总是渴望能够为了什么
去挥霍殆尽的　我的一生
除你之外　无人见过
那曾经迫使我流着泪仰望的
何等奢华何等浩瀚的星空
无人来过
我曾经那样悸动着的心中

除你之外
无人知晓那一处旷野的存在

是的　除你之外啊　除你之外

——二〇一五年四月十八日

篇二 初心

问答题

什么叫作故乡?
是永远生长在我心灵深处的山川大地。

什么叫作大地?
是此生都绝不会舍我而去的丰美记忆。

什么叫作记忆?
是种子是根茎是枝叶是花朵也是果实。

什么叫作果实?
是喜是悲是笑是泪是生命给的一首诗。

什么叫作一首诗?
是历经灾劫犹在默默护持着你的母土。

什么叫作母土?

是回首时才知疼惜的远方已空无一物。

——二〇一二年十一月二十一日

猿踊

——是何人为何将一株菖蒲取名"猿踊"?

空白的画布在等待我的落笔

空白的人生有多少画面已不复记忆

我与一丛又一丛的菖蒲对坐而无语

繁花似锦　暮色逼人

远去的跫音终于不复可闻

只有时光在我们之间

腾跃而过　水声溅溅

那是昨天　那是从前　从前在水边

——二〇一三年十一月六日

湮开的诗

那年的百合花开满在夏日深山
我们的青春
如黑夜里的火把才刚刚点燃

月光下　山风翻动着沉埋的岁月
想要说出　是的　是的
你不记得了吗？
我们曾经向夜空欢声呐喊
抢着宣示　自己
对明日的狂想和期盼
是谁说的　这一生
这一生实在太短

你不记得了吗？

立雾溪急切地向前流去
有人步履蹒跚　走过河岸

你不记得了吗?

这曾经是你写给自己的

一厚册悲欢交缠日以继夜无止无尽的诗集

时光切割后的　回音

已成断句

是的　世路茫茫果然多歧……

——二〇一三年十二月十日

记五十年后,与大学同窗好友宣广、国宗,三人重回太鲁阁。

流动的月光

徜徉在慈悲的母怀　祖先初生之地
我该如何把这个夏至的夜晚
写进一首诗里？
是要试着把自己的悲喜从中剖开吗？
一半给今晚的月色　一半给你？

不是　你说
没有一种美不是牵连着
许多更早更远的讯息
没有一种巨大　不是起始于
许多细小的凝聚
真诚的灵魂　唯有倾听自身
如泉源出自泥泞的幽谷
行走在祖先的土地上
或许　会有一首诗在等待着我们

穿过落叶松之间的小径

再穿过细瘦的白桦林

有驯鹿安歇之处横斜着斑驳树影

万物皆由天赐　不容矫饰

且任那山风拂过吧

好来牵动诗中的每一个字

你说

素朴的初心从不说谎　一如今夜

那在天穹高处何等冰清玉洁的

流动着的月光……

——二〇一四年六月二日　端午

记写去岁在大兴安岭北麓，与好友共度的夏至之夜。

初心

——再访曼德拉山的岩画群

我们群居　终于有了信仰
却还想再说些什么

那些句子　来自亘古
来自初心烙印的疼痛之处
是熔岩冷却之后犹存的
滚烫的　记忆
遂在向阳的山坡上
选好了从山脊上跌落的那些
巨大又平滑的石块
(与周遭灰蒙的土石相比
那久经日晒的深黑表层是强烈的诱惑
是难以拒绝的召唤)
日复一日　世代接着世代
我们随着朝阳前来
在各人的位置上坐定

拾起尖锐的砾石　如笔

将所有深藏着却又不时冲撞着的意念

一笔一画地　慢慢磨刻成形

（曾是苍翠的密林瞬间被冰河覆盖

瞬间　再成为沉陷的古海

曾是浮起的戈壁　曾是游离的雾霭

曾是狂风卷起的每一场暴雪

每一颗柔细的沙粒

曾是　那个寂寞空茫的世界

自己对自己的轻声低语……）

从一开始　我们就明白

这磨刻的过程　绝不能沦于一种竞赛

无关速度　无关声名

而是初心里的敬畏　爱慕

以及悠长与缓慢的等待

相对于宇宙星辰的邈远路途

你们此刻的到来　并不算太迟

是的　我们也不过才是

刚刚离开　在这向阳的坡顶上
刚刚写下了几首　温暖的诗

　　　　　　——二〇一五年四月二十五日

发光的字

总有那么一日
让我能找到　一首
好像只是为了我而写下的诗
让心不再刺痛　让自己
在瞬间　好像就已经完全明白

如苍天之引领万物
错落的诗行由诗人全权散布
请看　那夏夜的群星罗列
彼此相随　在诗的轨道上
我们的世界如此致密　如此深邃

总有那么一日吧
那些发光的字　终于前来
为我　把生命的杂质滤净
把匕首　挪开

——二〇一五年二月二十一日

篇三 轨道上

致：席慕蓉

林文义

第七本诗集出版之日
蒙古女子带书回蒙古

灵魂早归故乡的双亲
一定微笑地从大草原
最远最远的地平线那端
向你挪近　也许骑着栗色马
青春无怨地成了往事
故乡是否开遍七里香
折叠的爱在海之北
梦如果不再就留下诗吧

长长的诗纪念英雄
短短的诗写给爱人

蒙古女子带书回蒙古

第七本诗集出版之日

——贺席慕蓉新诗集《以诗之名》而作,
原发表于《中华副刊》二〇一一年八月十五日

轨道上

是进入　然后穿出
一个又一个幽黯的洞穴
回声巨大　明暗狰狞交错
有黑影不断从侧方奔来　作势扑打
再紧贴着耳边擦过

(这一切　暂时都可以置之不理)

是谁的许诺　说　美景在望
每一次
每一次都是这样

所以我们佯装镇定与欢欣
无所事事地对坐着　等待
只是等待
在灯光明亮的车厢里

等待那终点的　即将到来

——二〇一二年九月九日

动词的变化

——途经 Parc de Léopold, Bruxelles

原来　此刻的你
独自站在世界的边缘　也只能
是个微笑着的旁观者了

这世界分明还是跟昨天一样
又是初夏季节　带着草木的香气
有微风　有云朵
有年轻的恋人相拥着从街头走过
一切都如此相像

眼前的光影迷离而又熟悉
是的　是的　你是在重临旧地
必须在心中不断温习着动词的变化
从"遇见"到"遇见过"
从"我有"到"我拥有过"

这样难道就是一生了?

从"我爱"到"我也曾经爱过……"

——二〇一二年六月八日

名词的照面
——访台湾史前文化博物馆偶遇

（一）海相化石

可是　他们应该也不过是寻常的生物吧
在夐远的光阴里
过着重复　平淡　平凡的日子

（好像从前所无法领会的一切
如今却悔之不及地一一了解）

鹦鹉螺　二五〇〇万年前　中新世
满月蛤　一〇〇〇万年前　上新世
扇贝　……　……
静静展示在我眼前
是珍贵又完整的收藏
时光　在其中

仿佛呼之欲出　毫发无伤

一直不知道要如何解读的
日里夜里　那些
总是会突然浮现的记忆
此刻终于为它们找到了一个名字
是何等贴切的形容与解释

(一座博物馆的费心营造
难道　只是为了
要以更权威的姿态来向我宣告?)

原来　我爱
我们曾经共有的一世　在此
与鹦鹉螺　满月蛤和扇贝并列
已经被命名为　海相化石

(二)　海漂植物

为了分离　所以我们要不断地训练自己
好来承受大海的波涛起伏

以及　越漂越远之时

那心中莫名的酸楚

在彼岸落户之后　无人闻问啊

这集体的乡愁

新生的婴儿长得飞快

或许　有一日　我们会在岸边目送

越离越远　越离越远

属于他们的　命定的漂流

(越离…………越远

越…………远……远　　……远)

(三) 孑遗动物

或许孤独　但我并不知晓

因为无从比较

旷野上没有任何可以追寻的踪迹

山谷中　只有回音在不断地干扰

果真再也无人与我是同一科属了吗?
冰河期早已结束
每当月明之夜　我将是
这整个世界里的
唯一会嚎哭的动物

——二〇一二年三月二十七日

成稿于台东鹿野易日得

人生转向

我所属的爱　还在
只是夜夜潜行于黑暗中
护卫　那已熄的光
已灭的火
已停滞的　梦

如铜雕的匠人
将生铁翻转
将余年　铸成
一层又一层沉重坚硬又冰冷的　披风

——二〇〇四年六月二十二日

梦在窥视

梦在窥视　自无有之界
自月光下的田野

梦在窥视　山坡上连绵的相思林木
枝叶细密　光影重叠
一株株复现自记忆的深谷

梦在窥视　旧日庭园悄然移近
莲荷的花苞依然闭锁着在等待黎明
前院的茉莉香息幽微
窗内　年轻的伴侣正相依着入睡

梦在窥视
从那如叶面般微凉又柔滑的
细细肌肤开始
从丰厚浓密　触手又极为光洁的黑发开始
继之以夏夜清凉的棉质枕席

反侧之间　轻柔的爱抚与私语

小小的宁静宇宙属他们独有

以为才是开始的开始

却不知　梦已在窥视　无休无止

梦在窥视　那些四处散落

微小如尘埃般　不易察觉的幸福

一如　那些

不易察觉　却已在逐渐开始的结束

新置下的庭园空白荒芜

丈夫在后院植满玫瑰

她却在墙边种下太多株的槭树

继之以茉莉　昙花　莲荷

以及日后年年丰收的芭乐和莲雾

南国的土地丰饶　几个春天一过

绿绣眼就可以在槭树上筑巢

月圆的晚上　昙花如期绽放

那强烈的芳馥　是恳求是召唤

让她在满月的辉光里忽觉茫然

披衣在花前好像是充满了歉意的致候

充满了疼惜的陪伴

惊醒了的丈夫在屋内轻声呵斥

"是半夜呢!回来吧。"

她遂带着昙花的香气回到卧室

温顺地躺卧在他的身旁

梦在窥视　梦在窥视

这个痴狂的女子其实正悄悄微笑

静待丈夫重新入眠　或许

她还想回到昙花之前共此良宵

梦在窥视

一个曾经真实存在过的世界

梦在窥视

一段曾经安静拥有过的岁月

每晚　丈夫都在桌前研读

孩子们上床之后　如果有月光

她常会来邀他去田野间散步

曲折的阡陌　仿佛通向无限的未来

夏夜清凉　冬季也无妨

年复一年总会是地久天长

总有几丛芒草在月光下轻轻晃动

总有一双坚实的臂膀来将她拥入怀中

偶尔回头向小屋张望　窗前

为熟睡的孩子留下的灯光

远远看去　颜色是温暖的柔黄

梦在窥视

窥视她如何在梦中已恍然这只是一场梦

生死重逢　不敢稍有惊动

他温热的手掌握力依旧很稳很强

只是指甲好像又该剪了

正思忖着如今要怎样修剪才对

忽然想起　不是　不是都已成灰？

梦在窥视　自无有之界

自月光下的田野

窥视她如何在梦的边缘还抗拒着结束

窥视她如何渴望一切还能再

缓慢地重复　再重复

梦在窥视　梦在窥视

窥视她也曾热烈地活在其中的当时

窥视　这一切

如何在生命里无声无息地

退后　消隐　流失

梦在窥视

自无有之界　自月光下的田野

……

——二〇一四年一月十日

篇四 余生

你的族人
——写给席慕蓉 陈克华

梦如鹰隼,从你举高的小臂起飞

你便召来一匹俊美坐骑

纵身草原猎取你目光所及的一切——

那时候,风依着草浪

微微掀动了先祖们 土地一般广袤的记忆

(先祖们必然都还记得你

还有你不记得的 所有的族人……)

当长夜墨黑如烟

抖擞的营火跳跃在横越脸颊

同时也横越欧亚的疤痕上——

战士们的灵 曾将睡中的你高高举起

让星斗低悬至你的眉睫

听你祈祷:

请为我召回我失散的族人……

在驼铃低吟至无声的手机画面
在星光照耀如白昼的虚拟山巅
在风沙沉重如铅粒的都市漠地
在泪水痛下如冰雹的水泥家园
——你看不见的族人们早已集结好迎接你的队伍
你听不见的族人们早已传递着辨别你的暗号——

你只需来到
你真的，真的
只需要，在你思想的旷野
骑着一匹马儿梦一般地来到……

——二〇〇四年三月九日

现代画像石

没有了文字的文字

没有了语言的语言

没有了支撑的支撑

没有了草原的草原

没有了信仰的信仰

是的　这就是我们的画像

在没有了今日的今日

有谁知晓

那无声的剧痛　无形的创伤

——二〇一一年六月九日

请给我一首歌

请给我一首歌
带引我回到那辽阔的无人之地
请给我一首歌
让我的灵魂悄然与自己　相遇

请给我一首歌
仿佛远去的岁月忽然纷纷复返
请给我一首歌
让我在暗黑的路上也不觉孤单

请给我一首歌
是母亲含笑前来梦中将我拥抱
请给我一首歌
听风声穿过故土上千年的松涛

请给我一首歌
使我不得不含着热泪欢声喝彩

请给我一首歌

是令人心碎又万分感激的天籁

请给我一首歌吧

这一生

不都在等待着与它应和

请给我一首歌吧

好让我　终于可以深深地记得

这壮美的高原

这无尽的山河

——二〇一二年三月二十六日　初稿
二〇一五年五月二十六日　修订

弯曲的河岸
——致吾友鲍尔吉·原野

激流河　额尔古纳河　海拉尔河……

草原上　每一条河流
都竭尽所能地在转换着流向
回旋　往复　从不迟疑却也不逞强
蜿蜒前行　这闪着光的曲折路径
除了河流母亲　还有谁
如此渴望去哺育去润泽每一株牧草的心
克鲁伦河　莫尔格勒河　西拉木伦……

弯曲的河岸有细密的青草在细密地长
时时随风倾斜　铺展成起伏的波浪
像是在聆听　从风中传来
那古老的长调折叠着千年的喜悦和忧伤
如果顺着青草倾斜的方向　更低　更贴近

亲爱的朋友　我们

就会听到河流心跳的声音

土拉河　鄂尔浑河　鄂嫩河……

如果我们愿意靠近

就会看见清澈的河水映着天光

白云朵朵挤满在流淌着的河面上

是的　如果我们愿意靠近

就会听见河流母亲温柔的叮咛　她说

给我们的孩子写珍贵的历史吧

拿起笔来　写真正属于自己魂灵的故事

写地老天荒的神话　写英雄　写凡人

写大自然的变动　写和谐　写战争

写帝国的兴灭　写故土的深沉

写风　写云　写骏马　写河流心里的话

闪电河　额济纳河　额尔齐斯河……

湍急或者和缓　无数的大小河川

从东往西　从南向北　在我们的草原上

是无止无尽的弯曲河岸

蜿蜒前行　这闪着光的曲折路径

除了河流母亲　还有谁
如此渴望我们能听见她心跳的声音

反复叮咛　拿起笔来　拿起笔来
拿起笔来吧

就在此刻　只有此刻
我们非拿起笔来不可
沿着弯曲的河岸　准备记录　准备转述
亲爱的朋友啊　让我们拿起笔来
趁记忆尚未成荒漠
趁心灵尚未干枯……

　　　　　　　　　——二〇一四年五月二十一日

狂欢鹤

我已抵达
正试着　把枷锁卸下

久违了的高原　无穷无尽的空间
是我永世深藏
如今终得一见的故乡

轻微的声响
是羽轴在摩擦　振动
再稍一起伏　遂扇起细细的风
是谁的设计　生命的结构如此缜密
爱与温暖的牵连只在这一瞬之间
仿佛只要层云裂开就白会有洒下的月光
仿佛这里是我从没离开过的地方

长久被囚禁的渴望正一一释放
心魂　随着羽翼向周遭无限扩张

伸展　再伸展

(切莫迟疑　要相信
那个最初的无邪的自己)

且来挥动这原本就是属于我的
一双　可以自在腾飞的
巨大的翅膀

眼前是何等辽阔的天穹与大地
何等饱满的孤独　且全然
无涉寂寞
在此无垠的广漠之上
我是　我是
我是那唯一的
重　获　自　由　的
狂
欢
鹤

——二〇一四年十二月六日　月圆之夜

附注:"一只加拿大的狂欢鹤,需要一百六十亩的土地才能感觉到快乐,一个人所需要真正能够感觉到自由的空间,应该是无垠广漠……"——殷海光(1919—1969)。

余生

前天下午　终于把云青马也给卖了
那个南方来的马贩子还直夸　是匹好马
而我把缰绳交出去之后
就再也不敢回头　不敢回头看它

昨天夜里　去打了点儿酒
顺手就把马鞭丢在西街巷底　忘了
是一个什么人家的门背后
今天早上　来了个客人
他说是替博物馆收购的
叫我别担心　以后想看我的马鞍还有
只要买票入场　那个民族博物馆
就盖在城东的十字路口

现在的我　应该学着做个体面的城里人了吧？

可是　老弟啊！

我想你是不知道的　在我的心里
还有许多　许多条活着的蛇啊！
带着北方的寒气和怎么也不肯走远的
悲伤记忆　它们缠着我咬着我
悄悄地和我说话

(悄悄地　它们不断责问：
你还有没有心肺？有没有灵魂？
你没听见那匹老马的蹄声
停了好几次吗？那天
好歹你也该转身向它挥一挥手吧？
……
什么博物馆？有一次才刚进去
你不是找个门就逃出来的吗？
那满墙满屋子的马鞍啊！
不是让你心里堵得直犯疼吗？
……)

唉！我说老弟啊！
总说盖起了楼房是要我们过舒服日子
其实想一想　我和我的马鞍十分相像

现在都塞在一个小小的洞穴里

离开了马　离开了天空和大地

布满灰尘　不言不语

静静地等待那最后最后的　结局

——二〇一三年四月十三日

2015年夏　克什克腾　李景章 摄

篇五 英雄组曲(二)

英雄博尔术

(一一六三—？)①

前言——写给我的族人

是一种呼唤，而你我都在其中。
不知道有多少声音在呼唤着我们，
逐日逐夜，随着时光流转，
有时幽微，有时热烈，
历经这几乎已是一生的岁月。

要相信啊！这一切都是真的，真确并且完整。苍天亘古俯视，四野疾风凛冽，是静立在高原之上不曾挪移过寸步的昨日前来引领，引领我们去阅读往昔，那不曾被篡改被错置被藏匿了的记忆……是一种不曾停止过的呼唤，而你我都在其中。躯体可以孤独存活，灵魂却需紧密相依。是的，我们的生命如此相像，都渴望能将呼唤的来处深深刻印在心底，永志不忘。

1

是因为　一阵微风拂过
吹开了他额前的乱发
还是因为一束穿透云层的阳光
突然照亮了他的脸庞

微带风霜　稍显疲累
却丝毫不减损那少年的英武和高贵
他远远策马向你走来
如鹰雕之掠过旷野　而旷野无垠
那是个微寒的清晨　世界刚刚苏醒
那是个微寒的清晨　日出之后
青草的香气还带着露水的滋润
你们家的大马群静静散布在草原之上
十三岁已满的你
正在辛勤工作帮骒马[②]挤奶
他远远策马向你走来

还没开口询问　那凝视

就点燃了你的心魂

博尔术啊　博尔术

史书里还特别指出你是个俊美的少年

可是　眼前的他

却是眼中有火　脸上有光的好男儿

拥有你万分渴慕的英雄气概

忽然　你只想追随他驰骋万里走遍天涯

从来没出现过的种种豪情壮志

此刻满溢在你年轻的胸怀

你们眼神相触的瞬间

山川寂静　万物称庆

喜悦的讯息已经传遍祖先深爱的大地

苍穹高处

九十九尊腾格里神都在微笑祝福

博尔术　你可知道

来到你面前的这个少年坚忍无比

早早失去了父亲的他　历经艰险四面受敌

幸而有贤能的慈母和互相依靠的幼弟

不想　在三天前

家中仅有的八匹银合色骟马又遭贼人盗去

循着草上的痕迹　追赶了三天三夜

终于　在此遇见了你

博尔术　你多么庆幸可以出手相助

你说：

"今天清早，太阳出来以前，

有八匹银合色骟马，从这里赶过去了。

我指给你踪迹。"③

刚要举起手来　才发现

装满了马奶的皮奶桶还没有放下

也罢　也罢

既是要给人带路　就连家也不回

把皮口袋扎起来放进一丛茂密的芨芨草堆

又让对方把那秃尾巴的甘草黄马换了

骑上一匹黑脊梁的勇壮白马

自己也挑了匹快马　毛色淡黄

就此往前路出发

人在鞍上　博尔术　你才回头说话：

"朋友!你来得很辛苦了!

男子汉的艰苦原是一样的啊!

我给你做伴吧。

我父亲人称纳忽·伯颜④。

我是他的独生子。

我的名字叫博尔术。"

少年此时也向你说出

逝去的父亲名讳是伊苏克伊⑤

母亲闺名诃额仑

自己的名字是铁木真　还有四个弟弟

别勒古台　合撒尔　合赤温　帖木格

和一个小妹妹　帖木仑

由于遭到自己族群的嫉恨与抛弃

孤儿寡母只能辛苦度日

没有牛羊和多余的财物

那八匹骏马是全家唯一的依恃

现在能得到朋友你的帮助　使我的勇气加倍

相信　我们两人一定可以将马群夺回

初夏的清风拂上你因兴奋而炽热的脸庞

眼前这个世界　怎么好像
突然　突然就改变了模样
博尔术啊　博尔术
你一向是个乖顺的孩子　此刻
怎么竟然把马群　皮奶桶子
还有种种牧野的工作和责任抛在身后
也不先去向父母禀告一声就擅自出走
这是第一次啊　博尔术

你全心全意在品尝着这友谊的醇酒
心中汹涌着何等甘美的暖流
为了解救朋友的危难
这天地之间就再无阻拦

此刻　原野上的阳光也已有了暖意
你们二人并肩策马往前方急急奔去

时隐时现　时断时续
追索着那些盗马贼在草叶间留下的痕迹
整个白昼　你们二人都在草原上驰走
从缓缓起伏又漫无边际的旷野

逐渐来到一座长满了松柏的山丘

暮色已临　铁木真提议不如就在此宿营

他为你们在山脚处找到了一个避风的角落

有松针厚积　仍带着淡淡的香气

不远处　是一条细长的小河迂回流过

两人先替坐骑卸下了鞍辔

用刮子刮去马汗　让它们去河边饮水

这时铁木真已用弓箭射杀了一只旱獭

在山脚的沙地里挖了个浅穴埋下

然后在其上燃起了小小的火堆

没多久　有木碗的热茶有焖烤的肉

美好的晚餐就已齐备

博尔术　饭后的你只想稍作歇息

却没料到一日的疲累即刻让你深深睡去

恍惚中只瞥见树梢的夜空如宝石般透明的蓝

星群闪烁　如此宁静　如此平安

第二天的黎明　日出之前

半边的天空已转成彤红　辉光如烈焰

你才刚起身　　就看到两匹骏马都已装备齐全

铁木真正从河边走来

要把盛满了清水的皮囊系置在马鞍旁

酣睡了一夜的你　　只觉得精神抖擞气势昂扬

不由得高举双臂仰天大喊了一声：

"雅布讶！"

是的　　走吧　　走吧　　让我们马上出发

再过了两天两夜之后

终于寻到了贼人的聚落

远远望见那八匹银合色的骟马被栅栏圈住

想是怕它们自行逃脱

你们二人二马隐身在杂树林中静静等待

到了晚茶时分　　原野上已无人影才慢慢靠近

栅栏中的八匹骏马嗅闻到主人的来临

它们兴奋得鼻息急促　　不断举起前蹄刨地

却也明白这是险境不可发出任何嘶鸣

待得主人将栅门的皮绳绳结一一解开

障碍清除　　这八匹被囚困多日的好马儿啊

几乎是夺门而出　　不需主人的引领

径自向着回家的方向全速前进

这时候的蹄声与嘶叫才将毡房里的贼人惊醒

暮色里　有几个还拿起套马杆在身后追赶
你向铁木真讨箭　想把他们驱散
铁木真却说：
"为了我，恐怕使你受伤害，
我来厮射！"
说着就回身拉弓瞄准　静定的身姿英伟挺拔
那慑人的气势令匪徒心生惧怕
就借着天色已暗　互相劝告
纷纷将身体往后一仰　止住了自己的马

你们二人　日夜兼程
赶着失而复得的八匹骏马
越过河谷　穿过湿地
又掠过那千顷万顷在风中摇晃着的丛丛芦苇
惊起了水面的禽鸟群飞　振翅扑向天际
整座天穹　有时浑如一体碧空澄澈
有时却各自造景各自分割　一方乌云翻滚
一方细雨迷蒙　一方却正丽日当空
因而常常会遇见那座横跨天际的巨大彩虹

在回家的路上　博尔术　十三岁的你
总会觉得那是腾格里神的祝福　也是奖赏

当你们回到了来时第一夜那个避风的角落
有种熟悉的感觉像是已经回到了家
清晨醒来　相约到小河边好好漱洗
身体与头发在寒凉的河水中涤尽了尘沙
上岸着衣之后　两人相对着坐下
在芳香的松柏林间　在鸟雀争鸣的夏日清晓
彼此为对方将两侧的短发辫仔细编好
奔波了多日的辛苦终于结束　不禁相视微笑

此时　铁木真诚恳地向你道谢　并且
他说想赠你几匹马作为此行的酬劳

博尔术　好男儿
你登时从草地上一跃而起
脸庞通红　好像受了什么天大的委屈
接下来　你的回答又多么明朗多么热烈
你说：
"我因为朋友你来得很辛苦，

我为要帮助好朋友,才给做伴。
我还要外财么?
我父亲是有名的纳忽·伯颜。
纳忽·伯颜的独子就是我。
我爸爸所置下的,我已经够了。
我不要!
不然我的帮助,还有什么益处呢?
我不要!"

八百年来　记录在史册上的这段言语
还不断地在高原的篝火旁辗转传递
博尔术　好男儿
你已经用最大的努力阐明了自己的胸怀
那里有比黄金还要贵重的赤诚和友爱
铁木真也即刻站起　伸手与你紧紧相握
这就是你们两人第一次相遇的经过

回程虽然已经减少了许多周折
却也还是三天三夜的长途奔波
终于望见了自家的牧场
喜滋滋地走进家中

却遇上了涕泪满面的纳忽·伯颜

六日六夜无望的寻找

不知心爱的孩子遇上什么凶险

如今迎面走来正是心心念念的娇儿

父亲在狂喜之际　看你倒像无事人一般

忍不住责备了几句

博尔术啊　博尔术

喜悦淹没了你　竟然说出

和往日完全不同的话语：

"怎么啦！

好朋友辛辛苦苦地前来，

我去给他做伴，

现在回来了。"

说完之后　赌气重新上马去到野地

六天前匆匆置放的皮奶桶和皮斗子

还在随风摇曳的芨芨草丛里

只有它们　才知道小主人心中的秘密

去时还是个备受疼爱不知世事的少年

归来后　已经过一番成长的历练

其实　在你身边

你父亲也看见了孩子的转变

博尔术啊　那默默端详着你的眼神里

有七分惊喜　却也有三分落寞

幼鹰的双翅羽毛已丰满

正在试着扑飞开展

他面对的将是浩瀚的蓝天

爱子离巢　这滋味亦苦亦甜

应是为人父者必须接受的礼物吧

且来为此而欢宴

在宴席之上　在双亲面前

博尔术　你与铁木真结为安答⑥

他长你一岁　应称兄长

而你满心欢喜成为他的义弟

在这个晚上　星辉闪亮

铁木真缓缓向你说出他的想望

这次回到家中之后他还要有远行　只为

有一个美丽的女孩曾经与他定亲

那一年铁木真只有九岁　孛儿帖十岁

父亲将他在女孩的家中留下

温柔的孛儿帖与他才刚彼此熟悉

铁木真却又不得不仓促离去

是因父亲在归途中被塔塔儿世仇所毒杀

当时年幼难以抵挡许多困境

如今谁也无法拦阻他的决心

不论要付出多少时光多少力量

千山万水　他也要去寻回自己的新娘

让孛儿帖来到身边之后

他才能开始往更远处去细细筹谋

星光下　铁木真和你相约：

"一切都妥当之后，

我会让别勒古台前来接你。

博尔术，我珍贵的安答，

希望你能帮助我，给我力量和勇气！"

黎明　铁木真告辞之时

你的家人已经为他做好了准备

杀了一只特别肥壮的小羊羔

充作路上行粮　又把装满了各种奶食品的

皮口袋和皮桶子都驮在马上

临别之际

纳忽·伯颜以父辈的挚爱

说出了草原上每个父亲都深藏着的期许

他说：

"你们两个年轻人！

要互相看顾，从此以后，休要离弃！"

铁木真离去之后　博尔术

这时间分明在与你为敌

冬日步履蹒跚　走得更慢的是春寒

清晨替骒马挤奶的时候

总忍不住要抬起头来向远方张望

远方　却只见寂寥的旷野

起伏的牧草间只有自家的马群和牛羊

十五岁的那个夏天　雨水充沛如新泉

马群肥壮　马奶溢香

同样的清晨　同样的日常工作

同样的一抬头　博尔术啊

你心跳加快喜出望外

骑着一匹银合色骟马　那人

穿着青色的袍子　系着金黄的腰带
远远向你奔来的应该就是
铁木真兄长的信使　别勒古台

终于结束了啊　这悠长的等待
赶快　赶快
珍贵的安答在呼唤着我呢
骑上一匹拱着脊背的甘草黄马
在马鞍上匆忙捆了一件青色的毛衫
如此迫不及待地你就离开了家
这次　还是没去向父亲说一句道别的话
博尔术啊　博尔术
可知从此前行将是千里万里的征战生涯

或许　你深信
父亲不久一定会明白
草原上的讯息传得很快
他会知道　有两个年轻人从没忘记
从没忘记过他的期许
在此后的一生里
都是互相看顾　从不离弃

历史的开端　在草原深处　当然
我们不得不承认　那随后的滚滚烟尘
是暗黑的诅咒
将有多少鲜活无辜的生命被成群地杀戮
多少城池被焚毁繁华湮灭
昔日丰美的大地之上　只剩废墟与枯骨

可是　我们也不得不相信
浩劫过后　重生的岁月缓缓蒙受祝福
有多少思想的千年桎梏从此松动
多少文化　得以分享彼此的泉源和火种

此刻　让我们先保持静默
将那纠缠着的累世恩怨暂且放下
开始去回溯那最最初始的出发
横跨欧亚三千万平方公里的广袤疆域
一个无人能及的大蒙古汗国如旭日般升起
谁能预知这一切　都只源于
两个少年的相知和相惜

是的　博尔术

所有的一切都肇始于那个微寒的清晨

日出之后

你　遇见了铁木真

2

一生信守诺言

成为忠诚的友伴　永不离弃

这样的理想　即使是在平安的岁月里

恐怕也并不容易

博尔术　少年的你

却是从一开始就卷入了争战的狂潮

几乎不得止息

记得　那是刚与铁木真做伴不久

三部的蔑儿乞惕人　集合了众多兵力

乘你们不备　前来侵袭

惊醒时曙光才初现　弟兄们仓促上马

奔向不儿罕山上的幽谷深处

不料　乘车随后的孛儿帖和老仆豁阿黑臣

却因断裂的车轴　在中途　陷入了敌手

连着几日夜层层的马队逡巡
敌人把不儿罕山绕了三次
却怎么也无法穿越那些浓密的丛林
他们说　也罢　也罢
这是连吃饱了的蛇
也穿不过去的地方嘛
既然今日已将铁木真的新妇掳获
我们就算报了世仇　回去吧
不必再费事去寻找他

那些愚蠢的篾儿乞惕人　当时
竟然就从山中退下　回到各自的家
他们不知大祸已临头　前路尽处
死亡的浓云密雾早已布好了埋伏

于是　就来到了那场不兀剌川之战

在三部的篾儿乞惕人眼中
铁木真身边　只有几匹马几个少年兄弟

根本没有任何能力来还击
却没料到　不久之后
竟然会有四万人马的队伍仿佛从天而降
全来到不兀剌川地方　一夜之间
撞塌了他们的门框和毡帐
摧毁了宿营之地的种种坚固设防
把蔑儿乞惕百姓杀得四处奔逃哭号
完全不能明白　只是
只是抢了一个女子而已
怎么就会把这灭族之祸惹上门来

是的　一切都是为了一个女子
势孤力单的铁木真　却即刻向外求援
先有父辈的至交王罕和他的兄弟
答允各出一万兵力
再有童年的安答　札木合
亲自领着两万兵马　前来相助
这是铁木真一生里的第一场战役
一切都是为了美好端丽的孛儿帖
自己的爱妻
作为她倚靠终生的男子　怎么能

怎么能就此让她被敌人所占据

在惊慌混乱的孱儿乞惕流民之中
博尔术　你紧随着铁木真纵马驰走
听到他在鞍上向四方高声呼唤
"孛儿帖！孛儿帖！"其声热切
幸好那夜月光明亮　照得四野清朗
孛儿帖有老妈妈豁阿黑臣的陪伴坐在车中
她先是听到了丈夫的声音
再远远认出铁木真坐骑的缰辔
于是下车奔上前来叫着他的小名
铁木真狂喜下马
将失而复得的孛儿帖迎入怀中

在这顷刻　一切淡出
刚才还是几万人厮杀的战场
忽然间消隐了影像和声息　月光下
仿佛只有这两个年轻的恋人
这一对　在劫难之后紧紧相拥着的夫妻

手不离战刀　环顾周遭

博尔术　你依然保持着警戒的状态

可是　为什么

会有热泪从你眼中不断滴落下来

刚才在近身激战之时　胸膛与臂膀

是有了几道撕裂的伤口

此刻的疼痛　怎么却是来自柔软的心头

博尔术啊　博尔术　可知

这也是你生命里的第一堂课

关于失去所爱时的那种无告与酸辛

关于战争的血腥气味　杀戮的恐怖与无情

原来　为了必胜为了复仇

真正的男儿可以几日几夜不眠地筹谋

恳求联盟不怕低头　不辞奔走

终于能冲入敌营之时　那勇猛狂烈拼死的搏斗

这些变动中的种种应对　好像

都是你从来没有见过的铁木真

却又在心中自问　或许　这才真正是

初遇之日　眼神在瞬间就震慑住你的

那同一个人

3

不兀剌川之战　让少年英雄声名鹊起
果然不愧是乞颜部的高贵血脉啊
铁木真的执着与勇气
草原上众口相传如风拂过草浪那般迅疾
勇士们带着长弓和箭筒　来了
百姓带着他们的儿女和毡房　来了
牧羊人带来了羊群　还有小牛犊
牧马人带来了勇健的马匹　还有小马驹
乞颜部的贵族也辗转寻来　高车上
带着重礼　心怀里带着更贵重的期许

追随的人群和氏族一日比一日增多
英雄的毡帐旁　人们怀着敬意远远走过
然后再隔山隔水地环绕着他住下
年复一年　自成聚落
各自转换着四季的营盘却不曾散去
俨然已是一个日益兴旺的团体
有种温暖的想望在心中茁长

终于　所有的人聚集在合剌只鲁格山
在山前的阔阔海子⑦举行了会议

这里是铁木真多年来的一处宿营地
在幼年失怙的困境里　饥饿的小兄妹们
靠着母亲在斡难河边奔走
拣些野果挖些野菜来日夜糊口
这样的孩子也逐渐长成　膂力过人
转过身来要奉养母亲　他们的
美丽坚强的诃额仑夫人
史书上说　孩子们学会用火烘弯了针
去钓细鳞的白鱼　学会用绳缠结成网
去捞河中的大小鱼群
直至来到阔阔海子之时　他们一家
依然困乏　身边并无牛羊
只能以捕到的旱獭和野鼠为食粮

岁月辗转　这宿营地深藏了多少悲欢
然后　也是在这汪澄澈的湖水旁
青年铁木真迎娶了他的新娘
而世事变幻　有谁能料到

今日　众人却在此郑重立誓
推举铁木真
为蒙古本部的可汗

这年是己酉　西元的一一八九
乞颜部领袖伊苏克伊英雄之子
铁木真即了大位　他刚刚满二十八岁

这一日晴空万里　映照着
阔阔海子的湖水更显光洁碧绿
微风穿过湖畔的青葱林木　鸟雀争鸣
众人同声立下了盟誓　再无二心
愿策群力　为久已无主的蒙古
打下团结的基础
愿追随我们的可汗　从此日开始
去求那九分的荣耀
去寻那世间唯一的圆满

博尔术　为了分享这难得的时刻
你和妻儿们原是在欢呼的人群中游走
忽然听见可汗在呼叫着你的名字

他招手要你和者勒篾两人快快上前
站在他的身边　之后
以可汗之尊　颁布了第一道诏示
任命你们二人为众人之长
统管一切的事务

可汗说：
"你们两个，
在我除了影子，
没有别的伴当的时候，
来做影子，
使我心安！
你们要永远记在我的心里！"⑧

博尔术　你当下听命而行不作推辞
忠诚二字的真义　理当如此
不过　你们之中无一人能够预知
所求的荣耀　会有多巨大
所盼的圆满　将是何等灿烂
而在这一切之前
你们即将走上的长路

却绝对是　千般的辛苦啊　万般的艰难

多年之后　当我们翻读史书
暂且不计那些零星的战役与冲突
从一一八九到一二〇六
从阔阔海子湖畔　再走到斡难河的源头
从此日诸多蒙古氏族的效忠开始
到终于建立了统一的大蒙古国为止
史家已为我们一一列表　至少至少
这迢遥的开国之路
还要再历经九次惊心动魄的战争
还要再有　无数勇士的流血和牺牲

跟随着铁木真　走上这条长路
博尔术你是一如既往地义无反顾
如今虽贵为众人之长
每逢争战　却依然身先士卒
以自身的忠诚和勇猛一路行来　已经
使你成为草原上　篝火旁
许多传说里的英雄人物
他们说

铁打的英雄博尔术　智勇兼备
却总是不顾自身的安危
在与敌人鏖战之际　突然竟系马于腰
双手持刀　凝立不动
又或者是横冲直撞　奔前逐后
只为要时刻坚守在可汗的左右
又说　有一战　风雪迷阵
为了寻找铁木真
你竟只身潜入敌方阵营　幸得安返
想是腾格里神怜你这忠心赤胆

还有　那次在答阑揑木儿格思之战
与世仇塔塔儿人缠斗不休
夜间宿营　止于中野
与大军音讯一时断绝
已经失去了毡帐又天雨雪
这万古如一的郁郁长夜啊
银河隐去　鹅毛般的雪花遮蔽了一切
可汗卧倒于地极为疲惫
为了让他能够安睡　你和木华黎
二人遂手举着挡风雪的毡裘　在雪地里

双脚不曾挪动地站立了一整宿

不是没有二三弟兄想前来替换
只是就怕惊醒了好不容易才入眠的可汗
你用眼神斥退了他们
心中坚信　就凭你和木华黎两个人
也一定能支持到破晓　到清晨
尽管在灰茫一片的旷野上
纷飞的雪花落地之后　越积越厚
早已超过你的脚踝　正逼近你的膝盖
逐寸　逐分
而长夜漫漫　万籁无声

博尔术　这冰寒的一夜
是你和木华黎同心又沉默的坚持
却温暖了整部蒙古民族的历史
若是那时你的老父亲还在
听人如此转述　一定会笑开怀
果然不愧是我纳忽·伯颜的好儿子啊
从不曾忘了父亲的训示

4

再艰难的道路也有尽头

时间终于走到了一二〇六

绥服了所有居住在毡帐里的百姓

众人在斡难河源举行了库里尔台大会

立起了察罕苏力德九斿白纛

以白色代表元始与幸福

以九　为数目的极高

再恭请可汗登上宝座　敬献

"成吉思可汗"这极为尊贵的称号

赞颂其智慧与声威

如海洋般的深沉辽阔　广无止境

一统大国　国名为

"也赫·忙豁勒·兀鲁思"

是的　这就是大蒙古国

这年是虎儿年　丙寅

我们的可汗正当四十五岁之龄

他的皇位永固

他的子民　永享吉祥与安宁

在宝座之上　可汗降下圣旨
首先感谢　所有参与建国的有功人士
将他们一一指名
册封为九十五个千户的那颜
又降圣旨说　对有勋劳的更要加给恩赐

于是　博尔术　再一次
可汗差人命你和木华黎觐见
宣示你们两人今后要居于众人之上
九次犯罪不罚
可汗命你掌管右翼
做以阿尔泰山为屏蔽的万户

这一日　正是
汗国初立　眼前正有千头万绪
坐在宝座之上　面对着你
可汗却缓缓说起了那年少时光
好像身边这辛苦得来的一切
都可以　暂时先搁在一旁

博尔术啊　博尔术

在这一刻

他只想与你一起　将往日悲欢细细丈量

从你十三岁那年

如何帮助他去寻回了那八匹马开始

那八匹银合色的骟马啊

原来还一直深藏在可汗的记忆里

其实　博尔术

你自己又何曾有一日忘记

在那茫茫无边的旷野之上

年少的胸怀曾经何等激昂欢畅

还有那座长满了高大松柏的山丘

在偶尔出现的梦里　仍有淡淡的芳香

可汗还说起

当三部蔑儿乞惕人来偷袭的那次

年少的你们如何被围困的事

幸好有不儿罕山的保佑

那时的忧急与悲愤

恍如　还在心头

几十年的时光　怎么已匆匆流走

可汗说他原本还可多举出你的英豪实证
或再一一宣扬你的勇武事迹
但是　在今日
他最感激你和木华黎的帮助就是：
"两个人催促我做正当的事，
直到做了为止；
劝阻我做错误的事，
直到罢了为止。
这样使我坐在这个大位里。"⑨

荣华加身　汗国初创
此刻一人高坐在宝座之上
成吉思可汗却对你
说出如此亲切　如此真诚的话语
博尔术啊　博尔术
世间何处能寻得这样的亲兄弟

你可知道　博尔术
世间也没有这样的好君王

他已经高坐于宝座之上　　却还想

还想与你　重温那年少的时光

登基之日　　如你所见

可汗先对每一位身边的伙伴当面褒扬

细数他们的功绩

开国四杰　是你博尔术　木华黎

博尔忽　和　赤老温

开国四大将　是忽必来　者勒篾

速不台　以及　神射手哲别

两位先锋将军是主儿扯歹　和

忽亦勒答儿　由于后者已因战伤而亡

可汗又降圣旨说：

"因为忽亦勒答儿'安答'在厮杀的时候，

牺牲自己的性命，

首先开口请缨的功勋，

直到他子子孙孙都要领遗族的赏赐。"⑩

对其他阵亡将士的遗族

可汗也是同样的待遇

更何况是身旁一路同行的伙伴

战火无情　生命悬于一线

要有何等紧密与无畏的呼应在彼此之间

从漫天直射的箭矢阵中闪躲

与崩裂的火炮碎片擦肩而过

若是没有平日的诚挚相待

如何能奋勇相助　同心协力

将胜利的关键牢牢把握

是的　终其一生　由于可汗的诚挚

在他的麾下　从无一个背叛的部属

千军万马之中　所有追随的臣民

都能感知　可汗的真心爱护　每战必身先士卒

博尔术啊　博尔术

世间也从无任何一位开国的君王

曾像他一样懂得宽谅　懂得感恩

开国之后　你可作最好的见证

我们的成吉思可汗　没有诛杀过一个功臣

5

汗国初立　眼前有千头万绪

可汗先命失吉·忽都忽为最高断事官

又降圣旨说：

"把全国百姓分成份子的事，

和审断词讼的事，

都写在青册上，造成册子，

一直到子子孙孙，

凡失吉·忽都忽和我商议制定，

在白纸上写成青字，

而造成册子的规范，

永不得更改！

凡更改的人，必予处罚！"⑪

可汗再降圣旨说：

"以前我仅有八十名宿卫，

七十名散班扈卫。

如今在长生天的气力里，

天地给增加威力，

将所有的百姓纳入正轨，

置之于独一的统御之下。

现在给我从各千户之内，

拣选扈卫、散班入队。

宿卫、箭筒士、散班要满一万名。"⑫

又说：
"不要阻挡，愿到我们这里，
在我们跟前行走共同学习的人。"⑬

汗国初立　眼前有千头万绪
对内　所有的典章制度正逐步审慎确立
对外　则派忽必来和速不台两位大将
去将未灭的余乱扫荡
又命哲别　追袭乃蛮的末汗之子屈出律
三者之师皆全胜而还
唯独四杰之一的博尔忽
一二一七年　受命征伐豁里秃马惕部
夜间在林中侦察　竟横遭敌方哨兵所杀
噩耗传来　可汗既痛且怒
即刻整军要去为兄弟复仇
博尔术　是你和木华黎百般劝阻
请他以大局为重　如今必须先想到国家
可汗才终于改派朵儿伯・多黑申前去
命他严整军马　务必将贼人格杀

朵儿伯·多黑申不辱使命　胜利回师

可汗为此而祭天

博尔术　在众人呼求腾格里神降临之时

你也俯首悼念俊杰博尔忽　悲叹这太早的离别

想他生前　多么喜欢以鹰鹘出猎

不知　现今的他

是否正如一只重返穹苍的海东青那样

双翅平展　在天际翱翔

自在而又欢畅

博尔术啊　博尔术

此刻这居于尘世间的你　却还在

还在　还在征战的长路上

建国前一年　一二〇五　首伐西夏

之后再屡次征讨　可汗曾言

只有先消除此一后患

方能扫除吐蕃　再开拓灭金之道

金国　是我蒙古世仇　欺压掳掠

在国人心中所积累的憾恨与屈辱

已是太多太久　为此

建国之后　可汗亲率大军

已三次南征西夏　又三次伐金

歼敌无数　夺得城池更多

眼见胜利在望　却不料

另有郁雷起自西方

事缘西邻的花剌子模　沙突厥王朝

有一颟顸的穆罕默德苏丹举止失措

他的部下贪财　诬杀了蒙古商队

四百四十九人含冤葬身在异乡荒漠

五百峰骆驼驮着的珍宝尽失

还有一封可汗致花剌子模的国书

也不知下落　黑夜里

只有一人只身奔逃回蒙古　向朝廷泣诉

按捺着怒气　可汗细听了大臣的分析

决定再派使者重访花剌子模

申明　若此事与苏丹无关

就请将肇事者交出　两国贸易即可恢复

不想这穆罕默德苏丹自毁其国

竟又斩杀来使

眼看末日将临啊　将临的末日

终将陷无辜的百姓于水火

而普天之下　有谁能真正体会

可汗心中的恨与悔

由于不想再多启战端　所以才几番忍让

派出去的使臣　都是多年的忠诚亲信

想不到对方的回应竟如此荒谬无情

狂怒之中　可汗摒弃任何部下的跟从

独自一人登上不儿罕山最幽深之处

博尔术　你在山下静静守候　知道

他是去思索整个国族将要面对的前途

三天三夜之后　可汗下山　神情凝重

再命你去向各方传讯

审慎召集了盛大的库里尔台大会

众人聚集聆听　面对着皇弟和皇子

大臣和将领　可汗说明了自己的复仇决心

他说：

"走上了不儿罕山之后

我把腰带挂在颈上　我把帽子托在手里

跪拜　祈祷　整整三天三夜

然后　眼前的道路逐渐明确

知道忍让已是最后　和平已不可求

我向九十九尊腾格里神高声禀告

苍天明鉴　这个世界即将要地动山摇

蒙古全民并非挑起这场灾劫的祸首

恳请务必赐我们力量　助我们复仇"

可汗的赤诚告白　让全场静默

无人心中不是波涛汹涌　豪情如烈火

在初步拟定了方向和战略之后

众人同心　众志成城　昭告天下决定西征

正如多年之后那一支笔的记述：

"万丈怒火致使泪水夺眶而出，

唯有洒下鲜血方能将它扑灭……"⑭

是的　博尔术　你并不能预先知晓

多年之后　那一支笔属于史家波斯的志费尼

他的祖辈历任花刺子模的朝中大臣

待他出生之时却已是国破家亡的劫后遗民

日后供职于伊儿汗国　出入大汗旭烈兀的宫廷

他的笔　不得不赞颂征服者的赫赫功绩
却也充满了败亡者的伤痛记忆
他在书中宛转诉说那末日光景
他说　当时的花剌子模百姓
突然间遭逢大难　不知
原是欢乐安详的命运　怎么转变成暴戾如此
遂把这布满罗网的地方称作"人世"
把灾难的陷阱叫作"时光"
把伤痛的中心啊　含泪命名为"心脏"

而普天之下　谁人又能明白
我们的可汗　原是真心忍让
努力避免再多启战端却横遭拒绝
一切起始于一二一八年的岁末
西征的号令既出　全国动员　征召青壮入伍
范围从阿尔泰山一直到渤海之滨为止
数以万计的勇士纷纷前来加入这复仇之师
又与多国联军结盟　壮大声势
最后总兵力达到二十三万人之众

分为左　中　右三路

强大的骑兵为主力　还有另一支炮兵团

装备的攻城辎重　史册所载

仅只是拖雷皇子进攻你沙不儿一城之战役

粗估就有弩炮三千　投石炮机五百　云梯四千

投射火油机七百　炮石两千五百担

若加以各路大军所用　应是数倍于此难以计数

将这些攻城利器一一分解后　仔细包装

以牦牛和骆驼载运　与炮兵同行

随军并有军医　技师与为数极多的工兵

每个战士　都带有三到四匹备马同行

他们都是神射手　随身有两到三张弓弩

或至少有一张良弓　必备的刀斧

三个装满箭矢的桦木箭囊　钢制的枪矛

铠甲与盾牌齐备　还有战鼓

是的　勇士身躯需要保护　精神也需要鼓舞

这是万里长征的队伍　不得有任何差错失误

博尔术　你与诸位将领全心投入　完成使命

一二一九年的春天　终于可以集结成行

大军出发之前

成吉思可汗先将南下继续攻金的重任

交给了左翼万户木华黎

封他为太师　国王　并赐金印

以少弟斡惕赤斤留守　管理大营

请孛儿帖可敦留守　管理宫廷

可汗身边是忽兰可敦同行照料

并指定三子窝阔台　为汗位传人

诸事底定　大军的前哨已有三万兵丁先行

由大皇子拙赤与将军哲别带领

可汗的身旁则有三位皇子随军护持

然后　博尔术

可汗命你这右翼万户　统筹一切

在西征的道路上担当重任

做他跟前最审慎和最重要的那个人

博尔术啊　博尔术

你和可汗从年少时就已结为安答

彼此心中如日月般相互映照光华

一二一九年的这个夏天　誓师出发之前

两兄弟其实早都有了白发　年近花甲

可是　眼前有什么能拦得住你们呢

只要雄心还在　正如可汗所言：

"攀登高山的山麓，

指向大海的渡口。

不要因路远而踌躇，

只要去，就必到达。"⑮

是的　博尔术

西去的征途不明深浅　不知距离

可是　只要雄心还在

你的任务就是去解开这所有的谜题

且来派出智勇兼备的前哨部队

先去踏察勘探　任你是千山万壑

是泥淖还是戈壁恶地　我们都能了然于胸

有关季节或民情的细微变化

也在掌握之中　久经征战的勇士们啊

尽管高举起复仇的旗帜　策马前行吧

一二一九年夏季　大军主力

在也儿的石河畔举行了盛大的祭旗典礼

阿剌鲁国　畏兀儿　契丹和哈剌契丹

他们的联军统帅也都齐聚参与

祭奠哈剌苏力德　是谓黑纛　威猛的战旗

这原是古远信仰中就已存在的圣物

是毡帐之民深深敬畏的旌旗

和平的岁月里　永远供奉在苍天之下

与诸腾格里神并列　倾听先民的祷祝：

"我独自一人祈求和倾诉的心声

有天地间无数神祇的耳朵正在倾听

西方有福之地的我的诸位腾格里神啊

请保佑我明亮又广阔的草原家国"[16]

彼时山川静默　高原之上唯有和风轻轻掠过

而每当灾劫一起　出征之日

举行的哈剌苏力德威猛大祭则是另一番景象

献奶　献酒　杀牲　最后以马血祭旗

当血点飞溅　喷洒于苏力德的缨穗之上

那以九九八十一匹枣骝公马的鬃毛

所束成的神矛缨穗就会更显蓬松　更加飞扬

仿佛有生命在阳光照耀下苏醒　闪闪发光

博尔术啊　博尔术

那是战神的永恒之魂重新来临

血的温热　血的腥膻　将他从沉睡中唤醒
顿时乌云密集　狂风骤起　这是苍天的助力
要激起哈剌苏力德的仇恨怒火　奋起歼敌
此时　出征的队伍也向苏力德看齐如神灵附体
请听　鼓声如雷　激起众人心中万丈豪情
请听　勇士们正以长歌赞颂　山鸣谷应

"你年轻的面容焕发着火焰的光芒，
你威猛狂烈　具有无比巨大的力量，
我们向神圣的苏力德膜拜祭奉，
请让我们击退黑暗邪恶　定国安邦！"[17]

也儿的石河河岸宽广　众人得以安营
远远望去　真是"车帐如云　将士如雨"
有"辉天的兵甲　遍野的牛马　连营万里"[18]
典礼完成　随即拔营出发
取道林木苍郁涌泉处处的阿尔泰山前行
沿途与各联军主力部队陆续集结　如虎之添翼
最后　饮马于赛里木湖波光潋滟　请问
这世间何曾见过这样的辉煌军容　壮阔行旅
在湖畔　可汗登台点将[19]　昭示战争就在前方
于是　这支举世所知从未曾有的复仇之师

杀戮极重　牺牲也极为惨烈的
蒙古大军第一次西征　于焉开始

6

然则　在大军欲"策马杀敌"之前
尚须驱使多少工兵先去铺平前方的漫漫征途
我们后人　在此只能举出几例以说明其艰苦
从最初的也儿的石河到锡尔河的五百公里
连绵的高峰嵯峨　峡谷深不可测
先要有工兵在阿尔泰山雪线之上凿冰开道
博尔术　这里你是请太子窝阔台督道
同时　在天山山脉险要之处
也有二皇子察合台率领工兵
在陡削的山壁上凿石修通栈道
在难以飞越的沟壑之间
竟又构筑了整整四十八座牢固的木桥
非亲见者不知其劳苦与艰难
博尔术　唯你深谙
若是没有这些先期的准备　如何能让
浩荡的大军通过　直趋锡尔河的东岸

但是且慢　且慢　此间尚有千头万绪
除了工兵的劳苦之外
还有可汗的深谋远虑　勇士们的涉险如夷
在人世间缔造了难以置信的奇迹

首先　哲别将军从哈剌契丹之处探知讯息
在帕米尔高原与天山山脉之间的谷地
有一条通往花剌子模王国的密径　须侦测先行
遂衔可汗之令　在一二一八年的冬季
与大皇子拙赤带领三万骑兵　攀上
海拔七千公尺　人称世界禁区的帕米尔高原
纵使士兵身穿厚重的两层皮毛大衣
马腿上裹着牛皮　隆冬酷寒　雪峰绵延不断
跋涉在积雪过深又视线不清的人间绝境
无奈还是有不少人马被冰雪所困　丢失了性命
待得终于在罕无人迹的高寒谷地开出一条道路
是创造了一项人所不能的奇迹　可是
整个队伍在完成任务之后　已只剩疲惫躯壳
从雪线往下走到翠绿的富耶尔加拿盆地
已是一二一九年的夏季

大军还没来得及喘息　敌人已守候在前方
花剌子模的国王穆罕默德苏丹率兵前来阻挡
他的精锐部队强而有力　以逸待劳洋洋得意
想着是将这支精疲力竭的队伍全数除去

但是啊　他们有所不知
我军的将领岂是等闲人物　只要
大皇子拙赤与大将军哲别一旦取得共识
立即传令全军　展开惊人的机动战术
闪电般就扭转了临敌气势　再看那些
脱离了冰雪缠困的蒙古部队　也是如此
原本疲累不堪　难以挪寸步　一旦激起斗志
忽然间就身轻如燕　人马都灵活
以百户千户为单位　以各色小小旗帜交互指挥
在山林与平原之间穿梭　忽隐忽现　神出鬼没
只见如浪潮般的队伍涌来　却瞬间退走
又如满天星斗坠下铺满大地　却轰然散去
刚才还人声马嘶拥挤堵塞的争战现场
忽然就恍如空寂辽阔无一点人踪的万古荒漠
唯见刚才射出的箭雨无一失手
花剌子模的兵丁纷纷倒卧于地

这是何等诡异的战阵啊

自古至今　见所未见闻所未闻

使得敌人乱了方寸　失去判断

原本骄狂的花剌子模大军　至此心胆俱寒

一次狂乱的交锋　穆罕默德苏丹几乎成为俘虏

是王子札阑丁拼死向前抢救　才得脱险

这场战役持续到深夜　各自鸣金收兵

花剌子模队伍自知伤亡惨重　难以安眠

第二日拂晓

原是草花漫生的青碧谷地　只见尸横遍野

蒙古大军早已远去　在晨雾里消失了踪迹

穆罕默德苏丹惊魂未定　也不再下令追击

遂回返至新都撒马尔罕　暂求　一时之苟安[20]

其实　战争中的奇迹并不全是天赐

博尔术　唯你深知

真正的关键系于每一个战士的钢铁意志

就譬如　你们那一次的任务

可汗与你　还有皇子拖雷　从也儿的石河出发

率领的大军有十一万人之众　是西征主力

你们选择的路途　是一次不可能的横渡

横渡茫无边际的死亡沙漠　基吉尔库姆

为要先声夺人　必须出奇制胜

要从那绝不可能出现的地方出现

就必须先通过如炼狱般的考验

那炙人的酷暑　难耐的干渴　更可怜的是

那一群又一群原该在夏季休整的骆驼

随队的驼夫用尽心力好生照料　一峰也不能少

博尔术　你从心底对这些勇者有无限的赞叹

每一个人都深守本分　对抗层层难关

是什么让大军夜行如此笃定　不忧不惧

在星空之下潜行千里　却安然一如平日的行旅

这就是蒙古的精神吗　博尔术

在最困苦的征途上也总是互相帮助

在最寂寥的旷野里　也能感知生命本身的富足

你多么自豪　能与这些勇士们为伍

接受已知的种种艰险　再倾全力去将灾祸避免

真的　若是有一人示弱　若是有些许差错

十一万大军　或许就都会葬身于无情大漠

所以　制敌在机先

总是无人能预知你们会从哪个方向出现

当西征大军先后抵达了锡尔河流域
却又分为四路进击　依然是谜般的行踪
种种的出其不意　还有那来去如飞的迅疾
总是天刚拂晓　突然就兵临城下
像大海的浪潮一般铺满了密密麻麻的人马盔甲
还有无数的攻城辎重　让守城的军民心中惊恐

蒙古大军　无论是否为可汗亲临
一定先派一人为使　宣读诏书向居民招降
顺者皆能换取平安　部队也尽量不与百姓为难
如　咱儿讷黑　讷儿城　等等城镇
可是　如果在其间反复不定　如　不花剌
或者坚持死守　不愿投降　如　讹答剌
如　撒马尔罕　黑纳黑　忽毡
还有伤亡最惨重的玉龙杰赤　那真是灾劫狂扑的末日
大军攻城之战　可以数日　也可以持续数月
越是顽抗的城池　结局越是悲惨
成吉思可汗用了两日时间勘察了撒马尔罕
这牢固的都城城墙　深深的壕沟　所有的用心
只得到可汗的一句评语
"城的强大，只赖于防御者的勇敢。"[21]

可汗早已得知穆罕默德苏丹已潜逃在外
哲别　速不台两位大将　奉命去追踪歼灭
第三日的日出时分　可汗率大军来到城下
撒马尔罕守军当即出城应战
这场激战伤亡很重　双方都有损失　鸣金收兵
到了傍晚　可汗下令攻城辎重全部启动
射石机　火焰喷射机　火箭投射器　弩炮等等
在瞬间发动攻击　顿时只见那
狂石如雨　巨响如雷　烈焰腾飞
无坚不摧的战力　让撒马尔罕守军的心与胆
比城墙上崩裂的石块还要破碎
居民更是六神无主　只求降服
战争于是很快结束　城墙被削平　壕沟被填满
内城里最后的守军约有千名　次日
与他们据守的清真寺在火焰中同归于尽
那是一二二〇年二月十九日　战事结束
撒马尔罕居民的生活恢复了些许秩序
当然　那几日的惨痛记忆　是极深的伤痕
永世难以消除　一代又一代的辗转诉说之后
进入史册　成为无数的对敌人的诅咒

玉龙杰赤的悲剧　却是因为守得太久

防御者的勇敢　让这座古老的城池遭逢大难

多次争战　守军虽然损失惨重

却因城墙坚固　将领沉稳　最后竟闭门不出

围城长达六个月　蒙古大军进攻受阻

也让大皇子拙赤与二皇子察合台　起了冲突

致使号令不一纪律松弛　军心已现涣散

可汗闻讯　速派太子窝阔台前往

重整军纪　化解心结　劝慰了两位兄长

三人重新分析敌情　决定进攻的方向

对城内进行心理攻势　政治瓦解

在城外则填平城壕　拆毁外垒的墙根

十天之内　尽力做好强攻前的准备

再遣使向敌方阐明利害　招谕劝降　以和为贵

敌方保持沉默不予回答　而我军已一切就绪

云梯已备　弩炮静立　弓满引　却不动作

先以火焰发射器引燃城内屋瓦栋梁

再以石脑油壶　火油桶加掷于其上

使得烈火在瞬间烧遍全城　扩展为一片火海

待军民出来救火之际　才以抛石器攻击

一声号令　箭石齐发　重的如冰雹　如陨石
轻而锐利的则如飞蝗　如一张密织的死亡之网
城内的军民无处可躲　心胆俱裂
这时蒙古大军才沿云梯而上
将飘扬的旌旗插在城墙高处　再往城区进入
在每一条巷弄之间　展开白刃肉搏的近身之战
玉龙杰赤的军民确实无比英勇
与我军缠斗了七天七夜　终于败下阵来
城池已成灰烬　我军攻占的是鬼魅的废墟
把全城的居民赶到野外之后
从其中先挑选了十万名工匠和艺人再听命分配
孩童和妇孺被夷为奴婢　驱掠而去
最后　余下的男子被全数屠杀殆尽
那日傍晚时分　主帅窝阔台下令
将阿姆河河水引入　淹没了古玉龙杰赤全城
有些先前藏匿在深处的人　此时都成水下亡魂

是因我军在此役伤亡太重太痛
多少勇武的子弟横尸在野难以瞑目
窝阔台皇子心如刀割
遂让一切都葬身在滚滚洪流之下

一起葬送在此人间地狱的

还有那古老文明曾经傲人的千世繁华

多年之后　志费尼在书中写下这几句话：

"……我听说死者如此之多，以致我不敢相信传闻，因此没有记下数目。"

西征之役　原可避免

全因花剌子模君臣无道　滥杀我使臣而启

穆罕默德苏丹在从前一向骄狂自大

因他起始在扩张领土吞并邻国之时　所向无敌

但此次在险些被蒙古军队所俘之后

心神惶惑不安　总是向他的臣民说同一句话：

"自谋活命去吧！蒙古军队是无法抵抗的。"[②]

此言属实　蒙古大军果然是无坚不摧

花剌子模的军队只能节节败退

颠顶的穆罕默德苏丹此刻既惊且惧

却又听不进皇子札阑丁的劝告

只顾自己奔逃　最后

辗转藏身在里海中的一座孤岛　忧病而亡

死前悔恨交加　才取下自身的佩刀

系在札阑丁的腰间　改立他为太子

至此方知　唯有此儿才会以复国为志

是的　博尔术

在你随可汗西征的六年时光之中

置身于生死在一发之间的战场

也曾经遇见　不少临危不乱　可敬可佩的敌人

却从没看过像这个札阑丁　末世苏丹

如此勇猛无惧到震慑住你的心魂

博尔术　你记得最清楚的那一幕

于一二二一年十一月二十四日演出

父已死　国几灭　复起又已兵败

此日　札阑丁的右翼左翼都已被歼灭

中军也伤亡惨重　被蒙古大军严密包围

逼困在印度河河畔的高崖之上

只因成吉思可汗想要将他生擒

遂有令　不许放箭

全军顿时静止　停驻在河边

初冬　有风　高崖之上风势更是狂猛

仰望只见这花剌子模的末世苏丹骑在马上

静止如铜像　只有凌乱的衣衫与长发飘扬

他身后已无退路　充塞着
密密麻麻却又寂静无声的诡异兵卒
眼前是深不可测的大河　波涛暗涌
这就是真正的末日了吗
博尔术　在这万物静默掩目的片刻
连你都因为同情而不禁心中微微颤痛

啊呀　却不料
札阑丁忽然转身向后　举起刀剑与盾牌
单人匹马　往敌军阵营厮杀
蒙古守军纷纷退让　遂清出一片空地
足够他旋辔　弃胸甲　面向印度河
策马侧身俯首疾奔　由悬崖上一跃而下

啊呀——
每一个旁观者的惊呼声中都充满了赞叹
几乎是由衷地盼望　他的一跃得以圆满
成吉思可汗急忙下令　不许任何人追赶
于是　英雄札阑丁
带着危险的高度　带着风声　带着水声
还带着所有旁观者的敬意与祝福

跃入水中　激起浪柱高耸

如此勇者　大河也不忍将他淹没
最后　札阑丁只以一把刀　一支旄旗
和一面盾牌出水　上岸　从容乘马逃脱

望着远处那孤单的背影和零散的追随者
成吉思可汗感慨万分
遂转过头来　对身边的诸皇子说：
"为父者应有这样的儿子！
因逃脱水和火的双漩涡
他将是
无数伟绩和无穷风波的创造者。"[23]

博尔术　此时的你就站在可汗身边
从他那深沉的感叹里　已经明白
这英雄与英雄的交手和遇见
仅此一瞬　却是命定
札阑丁在绝境中展现的大无畏
其实是得自可汗的成全

不是神话 不是传说 是无比真实的逃脱

札阑丁与他的坐骑那惊世又壮美的一跃

是英雄从心中向对方致意的讴歌

从此 在可汗与你的心里

将会重复不断地出现

衬着悬崖 衬着印度河上的蓝天

还有那不肯止歇的狂风猎猎

已成永恒的画面

一二二一年十一月二十四日的这一场激战

起自拂晓 在正午之前结束

主帅败走 花剌子模的军力已走入末路

可汗派八剌和朵耳拜两位将领

带领军队去搜索和追击札阑丁

自己则亲率大军 沿印度河右岸北上哥疾宁

那是一二二二年的春天

先前 不论是新都撒马尔罕 还是

旧巢玉龙杰赤 都已降服

花剌子模灭亡之日已经来临

只剩札阑丁还渺无踪影

这时 皇子窝阔台已征服了全部的阿富汗

察合台征服了忽即斯坦和契儿曼

大蒙古国的版图已向西扩至黑海

大局已定　西征复仇的行动已告完成

下一阶段的计划正在展开　目光朝向未来

是的　如此广大的疆土

要如何保持永久的秩序与臣服

可汗遂在西域各地　广设达尔花赤

这是给委派的镇守长官的统一称呼

他们可以是回鹘　甚至也可以是波斯人

以监督当地臣民并负责讯息流通的任务

但是　在远方　还有些没能测知的去处

那西之又西　北之更北

还有些什么隐约的轮廓　隐秘的埋伏

因之　可汗再派哲别　速不台前往寻访侦察

两位大将军率领三万骑兵精锐前行

从里海西岸出发　向北穿越高加索山脉

这条道路　在纪元前三百多年时已称天险

中有断崖深峡　黑岩绝壁　与大海紧邻

还有冰河与巨岩阻路　崎岖难行

勇猛我军　凿石开道　狭窄曲折之处

攻城的配备已成累赘　只得毁损再弃于荒郊
唯有凭着自身的勇气与信念　继续前行
历经多次的争战厮杀　穿过凛冽的雨雪风沙
终于来到了碧蓝的博思普鲁斯海峡

夜里那一轮皓月　映照峡湾里的细碎波光
冲击着离家已有几年的铁汉柔肠
他们全体却静默无语早早睡去　只为
明日拂晓就要去攻占速答黑城　之后还要
再去跟踪追击　本是同一祖源的钦察人

再之后　已是一二二三年的夏季
离开了博思普鲁斯的战场
大军进入俄罗斯的土地　灭了钦察
也击溃早已解体的罗斯公国残存的势力
不过　这场战争　赢来不易
原来　即使已是分崩离析　一旦彼此呼应
俄罗斯联军也征得十万之众
聚集在迦勒迦河岸　以逸待劳
而我军经过了多年的跋涉和厮杀
再精锐的部队已显疲惫伤残

人数早已不足三万　幸好还有赤胆忠心
还有哲别　速不台两位将军的指挥若定
兵力悬殊　遂以智取　一次次诱敌深入
让俄罗斯的大公们看见蒙古人如此不堪一击
于是轻敌　争功　躁进　终致全军覆没
可怜十万兵丁在愚蠢的将领驱使之下
有八万多人的尸骸被弃于野外
六位小公国的国王和七十位贵族也全体阵亡
迦勒迦河河岸　一时成为比地狱还拥挤的坟场
这一场战争的杀戮虽然极为残酷
却并非盲目　迦勒迦河战役因而被列入史册
皆因那深思熟虑的心理战术　成为举世闻名
以寡敌众再各个歼灭的典型成功战例[24]

在这之后　哲别与速不台再率领这百战雄兵
沿顿河伏尔加河而下　先灭不里阿耳
再使撒克辛人降服　最后大败康里部
军威赫赫　攻无不克　如入无人之境
一二二四年　诸邦平定　可汗思归
遂从印度班师回国　其间有数月
在也儿的石河驻夏

等待哲别与速不台两位将军　东来会合

却不料　英雄哲别于凯旋途中病重

最后殁于咸海西康里境内

忠勇军魂　只能随他的鞍马

他的阿拉格苏力德　回返故土

而另一位开国元勋木华黎　也在前一年

南下伐金之时染病而逝　殁在征途

一二二五年春　刚返抵草原怀抱

在土剌河畔　行装甫卸

可汗即率诸大臣与西征将领换乘健马

前往不儿罕山祭天

感谢腾格里神的庇护

并为　所有在征途中牺牲的战士祈福

是的　博尔术　六年的征战

多少青春健壮的身躯埋骨在异乡

无论是将军　或是兵卒　如今都成国殇

只有魂魄默默归来　四处徘徊

而在远方　还留有他们未曾寄出的书信

信中字字都是思乡的衷情

博尔术　你可知道

七百年之后　也就是西元一九三〇年左右
一首写在桦树皮上的蒙文诗
在伏尔加河畔出土　字迹有些已经模糊
有些还很清楚　曾被仔细折叠置于怀中
"慈爱的妈妈，我要回家
现在是春天季节，绿草遍地；
我知道有许多人，正要回家
我慈爱的妈妈……"㉕

博尔术啊　博尔术
在祭天之时　你想必也曾为这些英雄
这些夭亡的弟兄们深深祷祝的吧
而那些　那些幸得生还的将士们呢
历经千般锤炼终于得以归来的将士们呢
这凯旋二字　就是闪亮的勋章
就是先来享尽种种狂欢的滋味和奖赏
再来卸下盔甲　骑上骏马
把凭着沉着勇猛所得来的一切荣耀光华
把出生入死而烙印在身躯上的大小伤疤
把征途中见所未见　闻所未闻的奇遇
都带回去　带回去　带回到温暖的家

这一年的夏季　风特别柔　草特别绿
山峦妩媚平缓　往四方无限开展
天地何其广阔又不设阻拦
可以任所有的生命　自由来去

这里　才是毡帐之民渴望的久居之地啊
但愿从此长相厮守　永不再有别离

7

嗟乎　这静谧安详的时光何其短促
一个冬天之后
博尔术　虽有你的极力劝阻
成吉思可汗依然开始数点人马
准备又一次的　南征西夏

博尔术　其实你也明白
没有多少时间可以慢慢等待
西征之前　西夏态度傲慢拒绝出兵襄助
如今又听闻已和金国重缔盟约
好来联合对抗蒙古　或守或攻势态不明

两国相加的军力　也要重新估计

若不先发制人　恐怕对蒙古不利

一二二六年的秋初

可汗遂亲率十万大军　征讨西夏

分东西两路出发　另有一支后援部队

由二皇子察合台指挥　随大军跟进

但是　在征途上遇见了噩兆

由于时序已进入深秋　初雪已降下

可汗的东路军开始围猎野马群

却不料　野马奔窜　擦身而过

使可汗坐骑受惊　因而将可汗摔下马来

当夜就扎营住下不再前行

第二天早上　随行照料的也遂可敦

向在宫帐前敬候的诸位皇子以及大臣报告

可汗身体疼痛　还有发烧

请大家商议一下　究竟如何是好

有人提议可以暂时回师

等可汗痊愈　再来征伐也不迟

众人也都同意　禀奏上去

我们的可汗却不以为然　他说

敌人屡次出言不逊

此时撤退　必会被他们看轻

于是　可汗依然亲率主力出东路

攻占黑水城　在贺兰山前有一场激战

大获全胜　生擒了那个骄傲的将军阿沙敢布

让他用自己的双眼看清

山前他的营盘里　此刻　已无一生灵

战争继续　胜利也在继续

一二二七年一月　西夏军主力已全灭

可汗亲率大军渡过黄河

攻陷了多座城池　战绩辉煌

可是　眼前有一场艰巨的生死拔河

却是由不得可汗自己来作主了

博尔术你知道那个严苛的时刻已近

那年是闰五月　苦于早来的暑热

可汗到六盘山驻夏养伤　却不见好转

可是　这是最关键的时刻　为了拔除后患

他已经用了二十三年的时间　六次征战
英雄必得要亲自见证这最后的一幕
六月　西夏末主失都儿忽出降　处斩

一二二七年阴历七月十二日
成吉思可汗崩于萨里川哈剌图之行宫
计在位二十二年　寿六十六

8

博尔术　大悲无言
还能再说些什么　什么能说尽此刻
那些后悔的话　一无助益
那些思念的言语　多么空虚
眼前　唯一能做的事
就是去审慎安排所有的细节
如何奉柩回归蒙古　如何挑选护柩的士卒
为了安全　在这一段时间里
如何不让可汗的崩逝为他人所知
博尔术啊　博尔术
且来把全部的心神都集中在此

其实　可汗早在生前就与你有了约定

是在哪一个时段呢　当然是比较早的从前

那时候　你们两兄弟还正当盛年

有一次　秋高气爽

策马缓行在鄂尔浑河流域中部

那一片无边无际的金色草原之上

两人谈起匈奴　谈起回鹘

还有那几个曾经在此建都的　汗国兴亡

可汗忽然停住了马　往远方久久眺望

然后微笑着回过头来说　让我们来相约吧

约定　在将来　当然是在将来

两兄弟之中　必然会有一人先行离开

留下来的那个　就要负责祭祀

还要让世代子孙

都能记住　这一位先走的安答的名字

虽然　有些惊诧于这个约定未免太早

"死亡"这件事　好像还没有任何征兆

不过在那天　一如往常

你还是很爽快地作了回应

只为　铁木真安答一向比自己深思熟虑

他的许多想法后面　总是有着依据

博尔术啊　博尔术

果然　今朝　这别离突然来到眼前

你才知道那个秋天其实离此刻并不算遥远

还有　还有关于安葬的地点

是在正当意气风发的盛年　结伴出游之时

我们的可汗竟然也早已作了拣选

他亲自指定的身后长眠之地

是在一棵独立的母亲树下　在三河之源

斡难　怯绿连　土剌　这三条大河[20]

发源于不儿罕·合勒敦诸山之中

早些年　应该是早在西征之前的岁月里

可汗与你　有时候带着皇子们

有时还有者勒篾和木华黎几个兄弟

六月间　新叶初发之时

常循山中幽径试马　随意行走

只为享受林木间草叶的清凉和芳香

但是　你们从来没有见过那样的一棵巨木
独自生长在群山之中
周围没有一棵其他的树　只有芳草遍野
那是一处开阔广大的平原　连灌木也不多见
高高的苍穹之下　只有她
只有她傲然挺立　根深叶茂　树冠华美
你们不自觉地被她吸引住了
要多少年的时光才能长得如此巨大
更要有多么强的生命力才能活得如此健壮
越走越近　心中充满了孺慕之情
是的　这就是毡帐之民所崇敬的母亲树
静默伟岸的树干　清新繁茂的枝叶
在在都是为向世人显示　生命不忧不惧
这宇宙间的一切本是生生不息

那天　可汗最为欣喜　流连不去
当你们都已起身往周围探看的时候
他还是一个人坐在树下沉思默想
阳光透过翠绿的碎叶把光点洒在他身上
我们的可汗　我们的可汗啊
博尔术你从没见过他这般的神采

如幼童之栖息于母怀　极为宁静安详
但当他向你望过来的时候
那内里的热情却使他目中有火　脸上有光
你心中一动　这不是多年前的那个少年吗
可是　耳旁却听见　可汗说：
"我们的最后归宿应当在这里！"[27]

博尔术　想必是承受了内在生命力的撼动
使得英雄在最为光华灿烂的年龄
却预见了死亡的来临　但是他不忧不惧
接受了母亲树的教诲
依然不放弃对这个世界的信仰和期许
于是　你谨遵可汗生前的托付护柩前行
待大军回返蒙古　方才通告全国
诸宗王　公主　统将等从汗国各地
千里万里奔丧而来　有的旅程长达三月
只为向可汗献上他们最诚挚的悼念

盛大的丧礼举行完毕
博尔术你与诸皇子和大臣重返三河之源
进入不儿罕·合勒敦群山深处

寻到了那一片广阔的草原

将可汗葬在那棵巨大的母亲树下

让英雄的躯体　重归母怀

而他的魂灵　将永远永远与山河与子民同在

是的　博尔术

不仅仅是你的后代　都记住了可汗的名字

你可知道　在这世间

从来没有一位君王能像他一样

八百年来　全蒙古的子孙无一日或忘

我们敬他如父　如君　如神祇

一直到今天　我们的成吉思可汗啊

还温暖地活在每一个子民的心上

9

阿尔泰山果然是处不可多得的好地方

无边辽阔　无限丰腴

应是可汗疼惜你这个兄弟

当年　一开始就把它赐给了你

作为你和子孙们　可以永世享有的封地

而如今　又匆匆过了多少年的光阴

成吉思可汗早已仙逝

博尔术你也须发俱白归隐于此

除非窝阔台可汗遣使者来相询

你已不再过问世事

所幸老身尚健　偶尔

和乖巧的小小曾孙孟克同行

在草原上并肩驰骋一番　也颇能益寿延年

这几天　秋高气爽

你们老小两人相约出访去看看山川模样

小孟克说　额伦彻爷爷㉓

今天可以走远一点　在山谷的另一边

他见过一群野马常来徜徉

果然　转过一丛疏林远远就看见了它们

携儿带女的马群正聚集河边准备涉水而过

细碎的波光在河面闪烁

其中　有两匹银合色的小马驹忽然跃起

就在浅水的岸边互相追逐嬉戏

它们长大了以后一定会是勇健的好马吧

此刻　光只是看那活泼的姿态

就让人不自觉地满心欢喜

"额伦彻爷爷，额伦彻爷爷!"

忽然听见小孟克在身旁呼唤

侧过头去　就看见这孩子红红的脸庞

原来　他想问你一个问题

据说已经为此纳闷了好一段时光

他不明白　为什么每次见到银合色的马匹

你脸上就会充满了笑意

并且　一定跟随着它们望去久久凝神不语

是这种马的毛色特别稀奇吗？

小孟克说　其实他自己并不觉得

这种浅淡发亮的黄色[29]

会有多么美丽

博尔术　你回神望向这个孩子

他的声音　还带着童稚的幼嫩娇气

他的脸庞　还是小男孩的模样

可是　几天不见

那骑在马上的身躯怎么却已暗暗抽长

他有几岁了呢　十一　还是十二

听说　已经会跟着家人
出外参加行猎的活动了

原来　就在自己身边
这生命是挡不住地往上长啊

秋阳下　小孟克的眼眸特别明亮
你心中忽然一动念　于是驱马向前
博尔术　你对他说
让我们往家的方向慢慢骑回去吧
好孩子　你的问题很有意思
额伦彻爷爷答应你　在回家的路上
一定会给你一个合理的解释

草原上有风拂过　带着些微的寒意
是的　博尔术　这一切
一切的一切啊
都要从那个微寒的清晨慢慢讲起

　　　　　——二〇一五年一一月二一日　初稿成
　　　　　　二〇一八年一月二四日　修订
　　　　　　二〇二〇年二月一〇日　再次修订

注释：

①博尔术的生卒年代有许多不同记载，我在此依据的是博尔术第三十四世子孙策·哈斯毕力格图先生的说法。他说博尔术比铁木真小一岁，一一六三年出生。但是卒年比较不可考，有人说比可汗早离世，有人说比可汗晚，并享高寿。策·哈斯毕力格图先生赞同后者之说。

二〇〇九年八月，现居内蒙古呼和浩特，享有"内蒙古民间艺术大师"称号的策·哈斯毕力格图先生回乡祭祖。同行有他的长子那日素（三十五代）、侄孙撒切尔图（三十六代）、重侄孙萨那汗（三十七代），一家四代回到了蒙古国肯特省巴图诺日布苏木。当地的族人带他们去到了八百多年之前两个少年初遇的草原，一望无际的草原有个名字，叫"古呼鄂日塔拉"，汉文意译为"鼻烟壶草原"。二〇一四年五月，我有幸与哈斯毕力格图和那日素两位先生在日本富士山麓相聚。在我们的闲谈中，那日素先生忽然悟出，他对我说："我们在二〇〇九年的那个夏天曾从高处远眺，草原的形状下大上小，是像个鼻烟壶。可是，更像是皮奶桶啊！"

②骒马就是母马。

③在我这首诗的第一篇章中,所有的对话内容,都依照《蒙古秘史新译并注释》(札奇斯钦译注,联经版)一书中的汉译原文重现。除了铁木真在星光下与博尔术相约的那几句话是我自己揣想的以外,其他都是载于史册中的文字。如果读者愿意去翻读这本史书,会发现在记述这一次相遇的六个章节之中,连几匹马的毛色与体能都有形容。而在同书中,有些极为重大的事件,执笔者却用两三行甚至只有两三句就带过去了。

④"伯颜",札奇斯钦教授直译为"财主"。

⑤铁木真父亲的名讳,一直以来,我所知的就是这三个音译的汉字"也速该"。学者黎东方还在他的《细说元朝》书中开过这个名字的玩笑。直到我看见故宫博物院院藏的"元代帝后像"中,成吉思可汗画像旁记写的帝王名讳和在位时间等的文字,才知道在清朝(或也可上溯到元朝)的官方版本里,是这样写的:"元太祖皇帝即青吉思汗讳特穆津在位二十二年父曰伊苏克伊是为烈祖皇帝……""伊苏克伊"的字音,与原来蒙文名字的发音更为贴切,又不会有"也速该"三字所隐藏的恶意,所以我从此都改用"伊苏克伊"了。

⑥"安答"即为"结拜兄弟"之意。

⑦ "阔阔"为"蓝色"或"青色"之音,"海子"即为湖的古称。所以有的书中把蒙音转为汉字"呼和诺尔",也有的直译为"青湖"。此处引用札奇斯钦教授的译名。

⑧—⑬此六段文字皆出自《蒙古秘史新译并注释》联经版。而注⑪中的"青册",就是世界知名的《成吉思汗法典》,亦即《大札撒》,或西亚史家所指的《大雅撒》。

⑭语出《世界征服者史》,[伊朗]志费尼著,内蒙古人民出版社。

⑮摘自可汗嘉言录。

⑯摘自《萨满神歌》中的《苏力德·腾格里祭祀歌》。尼玛、席慕蓉编译,民族出版社出版。

⑰摘自《蒙古族祭祀》,赛音吉日嘎拉编著,内蒙古大学出版社。

⑱据小林高四郎著,阿奇尔译《成吉思汗》一书所言,此为耶律楚材当时所作的诗。原句为:"车帐如云,将士如雨,牛马被野,兵甲辉天,远望烟火,连营万里。"

⑲赛里木湖畔之点将台旧址,承新疆卫拉特蒙古兄长巴岱主席之助,我于二〇〇五年七月曾经亲见。山川

无恙,湖旁的高山峡谷绵延往西,蒙古工兵的筑桥工事应该是从此地开始。旧址上立有新碑,是新疆博尔塔拉蒙古自治州于一九九八年七月十三日所立。

⑳战役细节引自《蒙古族古代战争史》,此书由罗旺札布、阿木尔门德、赵智奎、博彦、德山、胡泊六位先生编著,巴音图先生写绪论。由于我购买时此书已破损,所以不知出版社的名称。

㉑此句引自《蒙古族古代战争史》。

㉒出自《史集》,[波斯]拉施特主编,北京商务印书馆发行。

㉓原句出自《史集》第一卷第二分册。

㉔此段评语引自《蒙古族古代战争史》。

㉕摘自《蒙古文学史话》,孟·伊德木札布著,中华文化丛书,中央供应社发行。

㉖三河河名今译为鄂嫩、克鲁伦、土拉。

㉗语出《史集》。

㉘即"曾祖父"之意。

㉙尼玛先生认为"银合色"蒙文原字汉音为"夏日格",是黄色偏白,发亮。有点像成熟的麦田那种颜色,有书译为"惨白",并不准确。"银合色"也有些勉强。但我在此遵循札奇斯钦教授的译文。

诗中关于战争的记录，除其他古籍外，得内蒙古大学出版社近年出版的一套《蒙古族全史》中的《军事卷》上卷帮助甚多。此《军事卷》共分上、中、下三部，前二部由胡泊先生主编，义都合西格教授所赠，谨致谢意。

一首诗，不容我尽言。在此，要补充说明的是，在当日，铁木真和博尔术所处的时代，蒙古高原上有近百个大大小小疏离又松散的游牧族群，总是不断地有冲突和争战。如《蒙古秘史》所言："星光照耀的天空，旋转不停，草海覆盖的大地，翻腾不已。互相厮杀，不及躲避，互相攻打，不得安息。"是铁木真，一个备受欺凌的孤儿，却拥有极为强大的能量，以一己之心，集合众人之力，以战止战，统一了所有的游牧族群，在北亚的这一片高原之上，创建了一个崭新的团结的蒙古民族。这个民族同时也拥有了一个崭新的国家，就是大蒙古国。而成吉思可汗之后的功业，更是影响了整个世界。一直到今天，不同立场的学者发表的功过之论，还在继续延伸之中。

最后，关于可汗的陵寝，还有一段近乎神话的记载，见于波斯的拉施特的《史集》："……所以在他逝世后，在那里，在那棵树下，营建了他的宏大葬地。据说，就在那年，这片平原由于大量生长的树木而变成了一座大森林，以至完全不可能辨认出那头一棵树，任何人也不知道它究竟是哪一棵了。"

附录

代跋

痖弦

差了色的,押了韵的,
在马上想诗的勇敢的席慕蓉。
你最大的优点就是持续力强,永远向前。
我想那是草原的蒙古精神吧。
蒙古给你力量。
你画笔下飞天的蒙古女性就是你自己吗?
骑上骏马奔向大漠落日圆
察哈尔盟明安旗的姑娘穆伦·席连勃

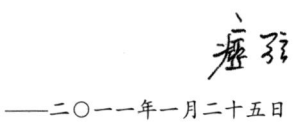

——二〇一一年一月二十五日

后记
海马回

> 那时候，风依着草浪
> 微微掀动了先祖们　土地一般广袤的记忆
> ——摘自陈克华诗《你的族人》二〇〇四·三

诗人的诗句究竟来自何方？竟然洞见那命运最幽微之处。一九八九年八月下旬出发，长途跋涉之后，终于抵达了此行的第一站，内蒙古锡林郭勒盟南端的草原，也就是我父亲的故乡。

初见原乡的震撼，于我有如谜题，因此已经书写过好几次。此刻再来重述，是因为有幸添了新知，多年的困惑应该算是解开了。

那天，我们的吉普车攀爬到海拔有一千多米的高度时，草原就突然出现在我的眼前，并且无边无际地铺展开来。

车子向前疾驰，很快我就被草原整个环绕起来了，周围的圆形大地宛如一片辽阔的海洋，起伏的丘陵像是海面上缓缓的波浪。在这终于抵达的兴奋时刻，有一种难以形容的错愕感却也同时出现了；我整个人从心魂的最深处到身体最表面的发根与肌肤都在同时传过一阵战栗，仿佛是生命自己正在发出激烈的回响，让我在行驶的车中只会不断惊呼："我好像来过！我来过啊！"

是的，明明应该是此生初见，为什么却如此熟悉如此亲切？眼前的一切似曾相识，那心底的痛楚与甘美，恍如是与魂牵梦系的故人重新相遇。

为什么会有这样的反应？

其实，我的经验还不止如此。

一九八九年的夏天之后，我开始在原乡各地不断行走，每每在旷野深处，会遇见那些侥幸没有受到污染与毁坏，平日难得一见的美景。在那个时候，我总是万分贪婪地久久凝视，怎么也不舍得离开。觉得这些美景就是清澈的泉水，注入我等待已久濒临龟裂的灵魂，解我那焦灼的干渴。

为什么会有这样的反应？

时光飞逝，在这二十多年的行走中，我给自己找过许多种解释，当然，都只是以一种猜测的方式。就像我在《写给海日汗的21封信》这本书中，在《生命的盛宴》这封信里，我就问了一个问题：

有没有可能，在我们的身体里，有一处"近乎实质与记忆之间的故乡"在跟随着我们存活？

这本书出版的时间是二〇一三年九月。没想到，答案竟然很快就出现了！

二〇一四年十月六日，诺贝尔奖委员会公布了这一届医学奖，由三位主攻脑神经科学的学者共同获得，他们因为"发现构成大脑定位系统的细胞"而获此殊荣。他们分别是早在一九七一年就发现了海马回中的位置细胞（Place Cells）的约翰·欧基夫教授，以及曾在一九九五年前往欧基夫教授实验室里做过博士后研究的一对夫妻，梅·布瑞特·穆瑟和她的夫婿爱德华·穆瑟，他们两人在二〇〇五年发现了海马回里的网格细胞（Grid Cells）。

我在此引用台湾联合报社在十月七日刊载的新闻资料，编译冯克芸的综合报道："评审委员会说，三位科学家的发现解答了哲学家数百年来的疑惑，让世人了解哪些特定的细胞共同运作，执行复杂的认知工作，让我们知道自己置身何处，找到方位，为下一次重回旧地储存资讯。"

答案原来就在这里！

我很早就知道并且记住了"海马回"这个名字,因为这三个字既有画面又饱含诗意。更因为当年那位朋友很慎重地告诉我,它在大脑里主管记忆。

现在又知道了它也掌管空间认知。

多年的谜题应该算是解开了。

如果说人类的尾椎骨是演化过程中所留下的痕迹,以此可确认我们是从什么样的动物逐渐演化而成的。那么,在我脑中的这个海马回,想必也还留存着那在久远的时光里,我的祖先们世代累积着的空间记忆。这些记忆如此古老,却又如此坚持,因而使得我在一九八九年的那个夏天不得不面对了一场认知的震撼。

第一次置身于草原之上,于我当然是初见原乡,可是,大脑深处的海马回却坚持这是生命本身的重临旧地。

在这里,我不是要附会什么"前世今生"的说法,我没有这种感悟。我的重点,反而是庆幸终于找到了在生理学上可以支持的证据,证明我们一直错认了"乡愁"。

是的,我们总以为乡愁只是一种情绪,一种心理上的感性反应,其实不然。如今,终于有科学研究可以证明,或许,它与生理上的结构牵连更深。

果然,我是参与了一场连自己也不知晓的实验。作为实验品，我的入选资格，只是因为我的命运。一个自小出生在外地的内蒙古人，远离族群，要到了大半生的岁月都已过去之后，才得到了一探原乡的机会。这实验本身没有什么严格的规范，就像一粒小石头，被随意丢进大海里那样，在浮沉之间，完全是凭着自己的身体发肤上直觉的反应，凭着心魂里那没有料到的坚持，凭着自我不断的反省与诘问，竟然让我感知到了一些线索，让这一场长期的实验终于有了意义。

当然，若是没有科学家的加持，一切仍然只能是个人的"臆测"而已。

多么感谢这三位学者以及他们背后的研究团队所付出的努力，让我的臆测成真。原来，在我们的身体里面，真的有一处"近乎实质与记忆之间的故乡"在跟随着我们存活。

这生命深处的奥秘，如此古老，如此坚定，如此温暖，如此美好。

而超乎这一切之上，已经有诗句在远远地等待着我了。一九八九年的那个夏天，当我第一次站在父亲的草原中央，"那时候，风依着草浪，微微掀动了先祖们，土地一般广袤的记忆……"

——原发表于二〇一五年四月六日《联合报》副刊

谢启

怎么形容这种友情？真的，我们平日并不常来往，可是却对彼此的创作默默关心。在这本诗集里，要谢谢诗人向阳给我的序言，谢谢育虹、吴晟、文义、克华，还有内蒙古师范大学的满全教授这几位诗人写给我的诗。还有我的引路人痖弦先生给我的代跋之语，都是温暖的鼓励与深厚的情谊，在此深深致谢。

当然，更要谢谢圆神出版社每一位朋友给我的帮助和支持。不论在任何时空，出版一本诗集都不是容易的事，我极为感激。

叶嘉莹先生说："读诗和写诗，是生命的本能。"谢谢先生给我的启发。诗，既是植根于生命，那么，生命深处我们每一个人向往着寻索着的原乡，想必也就是——诗的原乡了。

母亲的故乡，克什克腾草原深处
2014 年夏　李景章 摄